動物星球偵探事件簿 2
推理要在放學後
文／王宇清 林哲璋
翁裕庭 陳又津
陳郁如 郭瀞婷
寵物先生
圖／九子

目次

緣起

從前從前，有七位作家，
坐在書桌前構思推理故事的時候，
突然出現了某種動物，
跳進他們的故事中！
這些動物有的扮演了破案的關鍵角色，
有的提供了辦案線索，有的動物還成為故事的主角……
於是，震撼動物星球的偵探事件在此登場！

怨靈

王宇清

楔子

那天下午，兩個女同學一起去廁所，敲了其中一間的門，沒有人回應，門卻怎麼也打不開。

她們又敲了幾次門，其中一位還蹲下來透過門縫往裡面看，確認沒人。此時，那道門竟然「喀喀喀」的劇烈晃動起來，無人的廁所裡，發出了女孩嗚嗚的哭聲⋯⋯

兩個女同學嚇壞了，於是趕緊報告老師，老師帶著同學前去確認，裡面一片闃寂。「有人嗎？」老師大聲問了幾次，得不到任何回應，便試著推開門，裡頭彷彿有一股強大的力量抵抗著，老師用盡全力，才終於推開門，裡頭卻空無一人⋯⋯

廁所裡的鬼哭，只是個開端，預告一場復仇。

此後，校園裡，不時傳出有人看見女孩的鬼魂，慘白的臉、布滿血絲的雙眼、幽怨的神情⋯⋯

凱蒂

六年級下學期開學才不到一個月，就諸事不順。

首先，重新分組後，我分到凱蒂那一組。

說起我們班的凱蒂，家境富裕、成績好，氣質高雅得像公主，幾乎是校園偶像。在老師面前，凱蒂總是和全班相處得十分融洽；但私底下，與凱蒂要好的幾個同學會形成一個讓其他人無法融入的小團體，像一個貴族圈，舉凡長相普通、功課一般、無特殊才華的平凡百姓是無法接近的。

儘管偶爾也有新成員加入（被凱蒂或她的同伴選中代表一種榮耀），但是，根據我的觀察，通常不超過幾個禮拜，那些人就會被趕出那個圈圈，畢竟，鴨子和天鵝本來就不是一類。就算這樣，大家仍前仆後繼的想成為凱蒂公主幫的一員，甚至有別班的特地跑來我們班找凱蒂，還有不少是她的愛慕者。

雖然也有像我這樣不太想靠近凱蒂的人，可是大家事事都不敢違逆她們，不然就會被漸漸孤立。但這又不算什麼霸凌，只能說是強勢和弱勢的差別，因此也無法向老師告狀。

從別人眼中看來，我能和凱蒂分到一組，應該是莫大的「好運」！但很可惜，從一年級開始，我就是班上的怪咖，喜歡耍孤僻，不想成為誰的一分子。

撇開凱蒂的事不說，現在就連上廁所也很麻煩，因為，我們六年級的廁所竟然鬧鬼了！要知道，廁所一向是我下課圖清靜的地方，我會把自己關在裡面沉澱思緒，或是放空。

現在，廁所鬧鬼了，搞得我心裡直發毛，連放鬆的地方都沒有了。

月

每節下課，同學們都神祕兮兮的聚在一起，聊靈言少女和學校鬧鬼的事，讓我心煩意亂。現在大家上廁所，都像是要去鬼屋借廁所一樣。

「靈言少女」是最近學校裡熱門的ＦＢ社團，社團的創辦人「靈言少女」自稱是我們學校的學生，但她的真實身分保密到家。她自稱精通魔法、巫術、占卜，而且有靈異體質，看得見「另一個世界」的東西。

廁所鬧鬼之前，她就曾經在FB上發出警告。只是當時她的追蹤者並不多，鬧鬼之後，大家才赫然發現這號人物，此後迅速累積大量粉絲。

她表示會盡力施法保護同學，並隨時發布動態消息通知校園哪裡出現靈氣擾動，因此連我也加入了社團，畢竟沒人想遇見鬼。

雖然靈言少女表示六年級廁所的冤魂已經在她的施法下退去，但那間鬧過鬼的廁間，現在幾乎沒有人敢使用。

就算去其他間廁所，我也常常覺得屁股涼颼颼的，超恐怖！

好不容易熬到放學，我迅速收拾書包，「念，老師找妳。」我望向班導，她卻笑著指向走廊，咦，是五班的陳老師。

陳老師手上拿著一袋作業，「王心念，聽說妳和月的家住得很近，能不能麻煩妳幫月送作業？」

月是我三、四年級的同班同學，是個好相處的女孩，從不給人壓迫感，對我的關心總是恰到好處，並且尊重我的孤僻。五年級分班後，我在一班，她在五班，我還為此失落了好一陣子。

上禮拜她出了車禍，好像很嚴重，腳骨折加上腦震盪，已經一個禮拜沒來學校了。我想去看看月。

「好，我幫她送。」

這一陣子不是雨季，卻陰雨連綿，讓人心情鬱悶透頂。走在雨中，不知為何竟有被誰注視的感覺，我不禁環顧四周——巷子裡只有我。一股寒意從腳底漫了上來。

「嘎——」一聲自上方傳來的粗啞鳥叫，嚇得我幾乎跳了起來。

那聲音簡直像有人用巨大的銼刀，在我的靈魂上狠狠銼了一下。

抬頭一望，一隻漆黑的大鳥就停在月家的屋頂上。那是……烏鴉嗎？這裡怎麼會有烏鴉？不祥的感覺從背脊竄上我的腦袋。

我撐著傘，鞋子長褲全都溼透了。來到月家門口時，應門的是月的媽媽，我向她表明來意。

月媽一臉憔悴，「真不好意思，讓妳跑一趟，月在房間，還無法下床。」

「那我可以上去看看她嗎？」我很想見月。

來到月的房前，我輕輕敲了門。

「請進。」裡頭傳來月虛弱的聲音。

我推開門走了進去，整潔的房間是溫柔的鵝黃色調，月躺在罩著小熊維尼圖案的床單上，看見我時，蒼白的臉上露出一抹驚訝與……欣喜，我放下心來。

「念！怎麼是妳？」月微弱的聲音裡有熟悉的關懷。

「陳老師要我幫忙送作業過來。」我不好意思說出自己的關心。

「謝謝妳，新學期還好嗎？」

「呃，還不錯啦。」我不忍心在受傷的月面前談自己的煩心事，心虛的移開眼神，突然瞄到月的書桌上放了一個像護身符的東西。

「車禍是怎麼發生的？」我忍不住問。只見月的眼神一暗，沉默了片刻，才輕聲說：「我正在想事情，沒注意到車子，就……」接著，月似乎說不下去了。

「嗯，希望妳早日康復。」我不好意思打探太多，和月說再見，便離開了。

「嘎——」

我不敢回望，低頭快步往前，覺得剛才那隻烏鴉一直盯著我，最近種種不順利，讓我開始疑神疑鬼了。

雅

靈言少女魔法鋪　2月21日

真是對不起大家！

之前的廁所女孩怨靈，怨氣出乎我意料的強烈，竟又重返校園，在學校操場西側附近徘徊，恐怕會再度現身！

看來，若無法找出平息她怒氣的方法，只靠強行驅散是行不通的！

找出方法之前，我仍會盡力守護大家。

請再給我一點時間，暫時不要靠近操場西側！

留言A君：靈言少女加油！

留言H君：還好有妳守護我們！

留言D君：有靈言少女在，安心！

老天，怨靈還沒有離開學校啊！總是單獨行動的我，若是碰上了，怎麼辦？追蹤靈言少女的FB，至少可以避開危險的區域。對了，不曉得月知不知道？

今天，我也會送作業簿給月，待會兒可以和她聊聊。

走到月家門口，我下意識的抬頭看了看屋頂，還好，那隻烏鴉不在。

來應門的是月的爸爸，我問他是否可以上去看看月，「月的傷勢……狀況不太好，媽媽會帶她到臺北的大醫院進一步的檢查。」月的父親面帶愁容，我只能默默拿作業給他。

走出月的家，我呆愣在雨中，好不容易邁開步伐，卻一腳踩進水窪裡。

「同學！妳是來看月的吧？」

回頭一看，是一個年紀和我差不多的短髮女孩，穿著黑色雨衣。

「請問妳是……」

「我也是月的同學，叫我雅就可以了。」

「我好像沒有在學校見過妳。」

「我五年級才轉學過來，結果又申請在家自學，兩學期沒去學校了。」雅解釋。

「聽說月受傷了，我來看她。」雅繼續說，她有著黑亮的眼睛，連睫毛也又黑又濃，「前兩天我也有來，今天和妳一樣撲空。」

「妳是哪一班的？」雅問。

「六年一班。」說完，我想動身離開。

「有件事說來妳可能不相信……」雅說：「我昨天在月的房間，注意到一個像護身符的東西。」

「怎麼了？」我記得那個護身符，雅的話激起了我的好奇心。

「我爸爸是民俗學者，專門研究古代的巫術咒語，我請月讓我看看護身符裡的符咒，感覺有點怪怪的，就拍下了照片……」雅說著，拿出手機中的照片，是一張有著奇怪圖紋的紙片。

「我回去查，赫然發現那是屬於詛咒的圖紋。來自古代非洲，是幽毒女巫塔哈芭的詛咒巫術。」

女巫？詛咒？巫術？

我不可置信。「就算是詛咒，跟月出意外……有關係嗎？」

雅先是微微聳肩，接著換上肅穆的神情。

「我爸常說，符咒這種東西，會以意想不到的方式影響人心，不能隨便開玩笑，尤其是對於不同民族的禁忌、信仰和習俗，最好保持敬畏。」

我不知該說什麼。其實我相信天地之間有神有鬼，以我們無法理解的方式存在著。

「聽說，月出事前，狀況就不太好，常常心神不寧。」

我繼續沉默著。心裡似乎被說服了。

「不管怎麼說，都不應該詛咒別人，就算是玩笑，也太過分了，這是惡意！不是嗎？」雅反問我。

我點點頭，心中很能理解，惡意可以看似天真調皮，卻又殘忍無情。

「妳知道月的護身符是哪裡來的嗎？」

「我猜，可能是學校同學給她的。」雅說。

「妳能不能找出詛咒她的人？」雅突然握住我的手，「拜託。」

雅澄澈的眼神軟化了我。我想起了溫柔善良的月，實在無法拒絕。

「好、好吧。可是，任何人都可能給她這個東西，不一定是學校的朋友呀！」

「我知道，」雅一臉歉疚，「就請妳幫忙，查不出來也沒關係。」

「嗯，我會盡力。」我勉強擠出微笑。「如果有新發現，該怎麼聯絡妳呢？」

「妳可以打我手機，雖然平時大多是我媽保管，沒法開機。」雅寫下號碼，「不過每個禮拜天，我都會待在聖環大學圖書館一整天，一定找得到我。」

唉，後悔也來不及了，廁所鬧鬼、女巫、詛咒……小學生涯的最後一個學期，真叫人開心不起來。

倩

「有人在操場看到女鬼！」

一早到學校，就聽見班上的詩萍和同學竊竊私語。

「在哪裡？」

「操場靠近資源回收站那邊……」

「那不就是靈言少女說過的地方嗎？」

「好神喔……」

「超可怕……」

「聽說是半透明的鬼，雨還會穿過她的身體，她就在資源回收站那裡怨恨的瞪著教室的方向，然後慢慢的消失不見……」

喔，我的天，出現了！

話說，月的事我該從何查起？誰會想要詛咒月呢？和她的煩惱有關係嗎？

揉著隱隱作痛的太陽穴，我試著冷靜思考，嗯……先從月就讀的六年五班開始著手好了，月也許曾經向要好的朋友透露。

月在班上最要好的人是倩。

放學時，我在倩會經過的路上等，倩一個人走，看來有些落寞。

「不好意思，我是六年一班的王心念，請問一下，妳知道月最近遇到什麼不開心的事嗎？」

「為什麼突然這樣問？」我問得唐突，又跟她不熟，倩有點緊繃。

「嗯，月以前對我很好，我最近去看她，覺得她有煩惱。」這樣不算說謊吧！

「的確是……」倩稍稍卸下了心防。「不過，我也不知道為什麼……月這陣子跟我有點疏遠……」

「發生什麼事了嗎？」

「唉，可能是凱蒂的關係……」

「凱蒂？我們班的凱蒂？」

「嗯……」倩欲言又止。「月寒假在安親班認識了凱蒂，成了凱蒂的好朋友。」

「和凱蒂做朋友，就不能和妳做朋友嗎？」我不太理解。

「我也不知道是怎麼一回事，我們以前無話不說的。」倩看起來很難過。

「那，月在班上還有和誰不合嗎？」

倩篤定的搖搖頭。「月人緣超好，大家都喜歡她。」

該不會……

「妳知道護身符的事情嗎？」我問。

「護身符？有銀色繡線的那個嗎？」倩問。

「嗯，妳知道是哪裡來的嗎？」

「我也是寒假去她家玩時看到的，她很寶貝那個符，我問是誰給的，她只說是祕密。」倩苦笑，「連我都不肯說，讓我有點吃醋。後來她好像有什麼煩惱，也不告訴我，真是傷我的心。」

月和凱蒂？我怎麼也沒想到。看來，想了解月的煩惱，勢必得找凱蒂。

回想起來，總是有股公主氣勢的凱蒂，最近似乎有些浮躁，笑容少了許多，莫非和月出意外有關？

「妳認識月嗎？」想到受傷的月，我深深吸了一口氣，硬著頭皮和凱蒂搭話。

「認識啊，怎麼了。」凱蒂臉上泛起似有若無的微笑。

「聽說妳跟她很要好？」我試著放鬆語氣。

「誰說的？還好而已啦。」凱蒂似乎不想多談。「怎樣？」

「嗯，只是關心一下啦。」我說：「妳知道月最近有什麼煩惱嗎？或是得罪了什麼人？」

「妳問這個做什麼？我哪知啊？」凱蒂的反應有點誇張，失去了平日的優雅。

「妳誰啊！凱蒂怎麼會知道。」凱蒂身旁的同學開始支援她。

於是，我離開了。

凱蒂會是詛咒月的人嗎？

「嘎——」

撐著傘苦苦思索的我，硬是那被突如其來的詭異叫聲給嚇了一大跳。

那隻黑烏鴉又來了？真討厭！

塔哈芭

人會隱瞞、會說謊，物品不會。

或許我該從護身符開始調查……護身符到底是哪裡來的？是買的嗎？

星期六，我幾乎一整天都在街上搜尋，走遍了附近的文具店、禮品店、藝品店，就是找不到。好不容易拜託媽媽讓我上網，但無論是拍賣網站、購物商城、客製化的文創商品店，全都一無所獲。

簡直就像大海撈針！

星期天，我一早就到圖書館找雅，才到閱覽室，便看見一身黑的雅朝我揮手。

「有進展嗎？」雅一臉期待，「真不好意思，都讓妳一個人調查。」

「不太順利。」我簡單說了一下進度，雅專注的聽著。

「雖然不知道有沒有幫助，我找了一些關於女巫的資料……我想，至少可以確定，詛咒月的人，一定也對這方面的東西感興趣，才會知道這麼冷門的圖紋。」

「謝謝。」我接過資料，希望可以找到護身符的線索。

回家後，我馬上開始閱讀……

「幽毒女巫塔哈芭」的傳說來自非洲小島上一個現已滅絕的古部落遺蹟。據說塔哈芭原本是名善良的女巫，被朋友背叛後性格大變，成為充滿仇恨，專門施加詛咒的女巫。請求她下詛咒的人眾多，塔哈芭來者不拒……並且對背叛者降下最可怕的災禍……

資料中有可怕的女巫肖像以及各種駭人的事蹟，也包括月的符咒圖紋，看得我腳底發涼，縮在棉被裡。

「根本是小說裡面亂寫的角色嘛……」我刻意掩飾內心的恐懼。

這時，烏雲密布的天空裡，突然響起幾聲隆隆沉雷，一道閃電劃過天際，耀眼的白光中，一隻黑色的大鳥從窗前掠過。

「嘎——」可惡的烏鴉跟著叫了一聲，我連忙起身，拉上窗簾。
接著，我把資料丟到床底下，用被子矇住頭。
滿腔怨恨的女巫、充滿怨氣的女鬼，仇恨真的會把人化成鬼嗎？
然而，為了月，不管女巫到底存不存在，我都要繼續查下去。

茹涵

靈言少女魔法鋪　2月26日

操場的怨靈終於離開了。我損耗了不少靈氣和體力（到現在頭還在痛，走路也不穩）。不過，能夠幫助她，並且讓大家平安，再多犧牲都是值得的。

留言H君：感謝靈言少女！

留言Y君：惡靈退散！靈言少女超強！

實在太瘋狂了，連我自己都難以相信，媽媽知道我向來討厭安親班，現在居然主動要去，我一提到「凱蒂也在那一間」，媽媽就立刻答應了。

真搞笑。

還好靈言少女前天晚上的貼文稍稍撫慰了我，至少暫時不用擔心學校裡有鬼了。

來到凱蒂的安親班，我立刻發現了護身符的蹤跡，有好幾個同學佩帶著一模一樣的護身符。

「妳來做什麼？」凱蒂突然靠近。

「就來試聽看看嘛。」

「妳很詭異耶，是不是在跟蹤我？」

「誰跟蹤妳，妳才詭異。」我不甘示弱。

「這裡不適合妳，妳不要來比較好。」

「適不適合又不是妳說了算，我偏要來。」

凱蒂似乎就要發起脾氣來，隨即又壓抑自己的情緒。我從未見過她生氣的表情。

她沉著臉不發一語，回到自己的小圈圈，低聲說了幾句話，她身邊同伴都用一種冷峻的神情瞪著我。

我走回自己的座位，離她們遠遠的。

「妳是新來的？」旁邊的女孩悄聲問。

「對。」

「妳惹到凱蒂了嗎？」女孩又問：「她們那群超會排擠人的，最好不要靠近。」看來，她是另一間學校的。

「我才不想跟她們同掛哩！」我說。

「對啊，好討厭喔！」

我趁機向那個女孩打聽。得知了這裡的老師不太管學生，凱蒂公主幫在這裡肆無忌憚，不再裝乖乖牌，常常聊八卦，說人壞話，簡直像個幫派。

「妳知道那個護身符嗎？」

「那個啊！好像是什麼魔法符吧！只有凱蒂特別喜歡的人才拿得到。」

「她們都像拿到寶物一樣榮幸耶！」另一個女孩也加入我們，邊說邊翻了個白眼。

「她們還立下誓約，不能對外人透露她們小團體裡的事，超幼稚。」
這就是月無法說出煩惱的原因嗎？
「月平常跟她們很要好嗎？」
「還不錯。」
「月在這裡討人厭嗎？」
「不、不。」女孩連忙搖手，「月人很好。怎麼說呢？月雖然跟凱蒂有往來，但又不完全屬於她們那一掛。」
奇怪，凱蒂會因為這樣而故意詛咒月嗎？還是另有原因呢？比如說，護身符本來就有問題？

第二天，我決定直接問凱蒂。
「月也有同樣的護身符耶，是妳送她的嗎？」
「妳很煩耶，關妳什麼事。」凱蒂冷淡的說。
「我覺得很漂亮，可以告訴我哪裡買的嗎？」

「不想告訴妳。」

這時，一個留著短髮、面無表情的女生靠了過來。我見過她，好像是三班的。

「妳跟她說什麼？」那女生竟然敢對凱蒂板著臉。

「沒、沒有。」凱蒂露出了驚恐的神色。

「走。」短髮女生幾乎是硬拖著凱蒂走出我的視線外。

我真不敢相信，那個心高氣傲的凱蒂公主殿下，竟然有害怕的人？

「那個短髮的，是我們學校三班的吧？」我向隔壁的女孩探問。

「茹涵嗎？是啊！」

「她和凱蒂很好嗎？」我問。

「說來挺妙的。那個茹涵一直很想加入凱蒂公主幫，一有機會就拍馬屁，但凱蒂從不看在眼裡。這個寒假開始，不知道為什麼，她們突然變得很要好。」

「那兩個人很怪，凱蒂好像有點怕她。」另一個女孩也加入討論。

「對啊，我也有發現，之前明明有說有笑的。」

雅

靈言少女魔法鋪

3月15日

我最近感應到異常強烈的磁場干擾……

警告同學們最近不要前往陌生的場合，或者任意轉換環境，也不要窺探別人的祕密，否則可能容易被不潔之物糾纏，遭遇不幸。尤其是金牛座的朋友，一定要特別留意，我會盡力守護各位。

看到靈言少女晚上的發文，讓我倒抽了一口氣……這不就是在說我嗎？我就是金牛座。天啊！最近渾身不舒服，難道就是被惡靈纏上了？

星期日，我又在圖書館和雅碰了面。

即使是這樣下大雨的禮拜日，還得到圖書館，我一點也不羨慕在家自學了。快到的時候，我不小心腳一滑，一屁股坐進了髒水坑裡。真是倒楣！靈言少女的預言實現了嗎？想要為朋友伸張正義，卻換來一個溼冷的屁股。

「唉呀！妳怎麼這麼狼狽，」雅見了我，一臉吃驚，「真不好意思，我請妳喝熱可可吧！」

「沒事。」我想要維持形象，但還是咕嚕咕嚕一口氣喝光了雅買給我的熱可可。

「不如就直接問凱蒂吧。」雅一臉正經的說。

「什麼？她這麼高傲的人不可能承認的！」

雅低聲在我耳邊說了幾句話……

凱蒂平常無論在到哪裡，甚至上個廁所，都有人簇擁著。好不容易，終於等到凱蒂落單。

「喂！月的護身符，是妳送的吧？」我問。

「不、才不是。」凱蒂慌張起來，急忙想離開，「不干妳的事。」
「妳在月的護身符裡放了詛咒符吧？妳看看月現在變成什麼樣子。」
「……」凱蒂咬緊下脣，皺起眉頭。
「妳對月下了詛咒，對吧？」
「我不能說……」凱蒂的聲音在顫抖。
「那是幽毒女巫的巫術，妳知道嗎？不只是施咒者，連委託人都要付出代價！」
這麼荒謬的說法當然不是我想出來的，是雅。
說出口時，我心裡還真是彆扭到不行。
一聽我這麼說，凱蒂一副見到鬼的模樣。
「妳怎麼知道？」
這時，她家的司機來了。
「我認識一個懂巫術的朋友，她可以幫忙解決。我相信妳不是故意的，說出真相會好一點。」我說：「等妳準備好了，再來找我。」
雅說，不用逼凱蒂，給她一點時間。

凱蒂倉皇上車離開了。

接下來兩天，凱蒂毫無動靜。在班上和安親班見到我也面無表情，當作沒看見。

我感到焦煩不安。但雅說，要耐心等待。

凱蒂

凱蒂真的來找我了！

按照雅的計畫，我們約在圖書館外面的涼亭見面。

凱蒂坦白了一切……

「寒假一開始，茹涵告知我，她就是靈言少女，因為我具有特別的磁場，能夠帶給她更多能量。茹涵要我保守祕密，她只跟我一個人說。」

靈言少女就是茹涵！天啊！怎麼可能！

我強作鎮靜，繼續聽下去……

「原本我就很迷占卜、魔法，能成為靈言少女的幫手，我很開心，還忍不住告訴其他人我認識靈言少女本人，大家都好羨慕。為了保護我，茹涵特別做了護身符給我，其他人知道了，也跟我要，所以我就拜託靈言少女幫我製作更多護身符。」

「可是，月的護身符裡放的是詛咒呀？其他人的呢？」

「其實……我原本和四班的子傑在一起。有一天，子傑卻對我說……他喜歡上了別人，也跟對方告白了。」

「是月！」我忍不住脫口而出。

「嗯，我很氣月，她背叛了我，每天還若無其事的裝傻，一股恨意湧上心頭，我跟茹涵告狀，請靈言少女給她一點教訓。於是她畫了一個詛咒符，趁著月不注意時，把原來的幸運符換掉。結果沒過多久，月就出了意外……」凱蒂說到這裡，竟哭了出來。

「我很害怕，我跟茹涵說做得太過火了，但茹涵冷酷的說是我自己要的，沒辦法後悔，並警告我絕不准告訴別人，否則……」

「我不知道後果會這麼嚴重……」凱蒂的淚水不斷滾落，「我只是想讓她吃點苦頭，不要妨礙我的愛情，我不知道詛咒會這麼可怕……」

究竟是巧合，還是真的有詛咒，此刻我已經搞不清楚了。

保護大家、為大家和怨靈奮戰的靈言少女，竟然用巫術詛咒月……我頭腦發昏，有點無法思考。

「我好害怕，如果茹涵知道我洩漏祕密，也會詛咒我。」凱蒂說。

「妳不用怕，我會幫妳解除。」這時雅現身了。

「這是雅，就是我說的那個朋友。」

「妳能幫我嗎？怎麼幫？」凱蒂著急的求助。

只見雅在空中揮動手指，念念有詞，接著，雅的手中憑空出現了一張符咒，「這是能夠抵擋詛咒的護身符，只要帶著，就沒人可以傷害妳。」

「真的？」凱蒂的眼睛瞪得大大的。連我也吞了一口口水。

「相信我。」雅的神情篤定。

「謝謝妳……」

「以後，不要再下任何詛咒了。傷害了別人，也害了自己。」雅說。

「嗯……」

「至於月，我也會處理。」

「可是，月都已經……」

「別擔心，交給我。」

「謝謝……」

從凱蒂如釋重負的表情看來，她中心一定也很懊悔吧！

「妳、妳竟然會魔法！」凱蒂離開後，我忍不住大叫。

「噗！」雅噗哧笑了出來。

「笑什麼？」我恍然大悟！「那不是魔法，是魔術對吧！電視上常有的！」

「哈哈哈，對不起，妳看起來真的嚇壞了。」雅笑到捧住了肚子。

「果然是魔術吧！吼！」我一時啞口無言，「真的被妳騙倒了啦！」

「不過，妳說要解決月的詛咒，要怎麼做？」

「就說交給我了。」

品潔

幾件事像毛線一樣糾結在我心頭。

學校鬧鬼。

靈言少女就是茹涵。

凱蒂很迷信，茹涵一定也知道。

茹涵崇拜凱蒂，但打不進凱蒂公主幫。

因為鬧鬼事件，茹涵成了凱蒂的好友。

我回去推算時間點。這些事件似乎緊密得太過不可思議。

我不禁懷疑，茹涵真能夠感應靈魂，並做出這麼準確的預言嗎？

我在網路上重新爬梳靈言少女的發文，一開始，她只是宣稱自己有靈力，上學期末，她開始預告怨靈的出現。

靈言少女魔法鋪　　2月9日

今天，我在家裡感應到一股很強的怨念，讓我非常不安。

夜已深，明天一早，我會試著找出怨念的源頭。

靈言少女魔法鋪　　2月10日

今天一早，我試圖尋找怨靈。

沒想到，竟來到了學校！

由於學校有管制，我沒辦法更靠近，於是試著發動念力和怨靈對話，但怨靈的恨意太過強烈，反而激怒了她。一股怨氣襲向我。

我從未遇過帶著如此強烈恨意的怨靈！但我很清楚的感應到，怨靈的源頭就在六年一班附近！明天就要開學了，請看見這篇文章的同學，提高警覺！

靈言少女魔法鋪　2月11日

怨靈的力量超乎我的想像，而且愈來愈強，我只能作法強壓她的憤怒。在我找出方法平息或驅散她前，請各位同學盡量避開那間廁所！

雖然著急，但我也只能沉住氣，直到找出方法，希望不會太遲！

不久，就發生了鬧鬼事件。

事隔幾天後，靈言少女聲稱，怨靈已經被驅散。

靈言少女魔法鋪　2月21日

對不起，我來遲了，前幾天六年級廁所的鬧鬼事件，想必讓各位受到不小的驚嚇。

昨天趁著午休，我來到廁所，從門外感應怨靈的內心，充滿了委屈和憤怒，夾雜了幾張臉孔，是以前害她的人。這時，門內的馬桶突然瘋狂沖起水來！怨靈因恨意太深而失控，無法平息，我只好強行用法術驅散，雖然耗盡了能量，元神也受到了一些創傷，幸好順利驅散了！

此後不必再擔心廁所裡有鬼了。

#沒人受傷
#真是太好了
#我會繼續守護大家

A君留言：超神的。
L君留言：靈言少女早就預言在學校有怨靈，要各位注意。
X君留言：神預言！

一開始，根本只有幾個人回覆。大多數按讚都是鬧鬼後才出現的。

我決定重新調查鬧鬼事件。

第一步，先找當天事發當時的老師。

「我想研究這個事件，當寫故事的題材參加比賽，可以問老師一些問題嗎？」老師很乾脆的答應了。

「請問老師，還記得是哪一天發生鬧鬼事件嗎？」

「等等，我看一下……」老師翻了翻行事曆。「是禮拜三下午……」

「當時，門真的打不開嗎？」

「嗯，一開始的確打不開，後來我用了些力氣，門就開了。」

「裡面什麼都沒有？」

「什麼都沒有。」

「老師聽到了女鬼的聲音嗎？」

「噗！」老師笑了出來，「可惜沒有！我本來也有點發毛，想說會不會是變態跑進學校，結果什麼都沒有。」

「老師檢查了門鎖嗎?」

「啊?我沒有注意耶,我只是鬆了一口氣,裡面沒有變態,也沒有女鬼!哈!」

「所以,老師覺得真的有女鬼嗎?」

「呃,應該是惡作劇吧!」老師歪著頭。

「是哪個同學來報告的呢?」

「我想想……喔!是五年三班的江凱欣。」

我到五年三班找江凱欣。

凱欣看起來是個單純、有點傻氣的女孩,她聽我問這件事,立刻激動起來:「女鬼的聲音真的超恐怖!我到現在還會做惡夢!」

「那請問另一個同學是誰?」

「是我們班的劉品潔。」

我請江凱欣找劉品潔過來。

「聽凱欣說,是妳邀她去上廁所的?」

「對，因為之前傳出廁所有怨靈，我很害怕，就找人陪我。」面對我的問題，品潔謹慎的應答。「那天我還特別彎下腰往裡面看，確認沒有人在裡面。」

「老師到了之後，女鬼的聲音和搖門的聲音就停止了？」

聽到這個問題，品潔的大眼睛突然轉動起來。

「嗯……」

「老師說沒有聽到女鬼的聲音，也沒有看到門在晃動，我只是想確認一下。」

「對呀！好奇怪，老師一去就沒有了，沒想到鬼也怕老師。」凱欣突然插嘴。

「不要插嘴啦！」品潔急忙出聲制止凱欣。

「妳們不是五年級的嗎？為什麼要特地跑到六年級上廁所？」

「呃……當時五年級的廁所故障……」

「每一間都故障？」學校每個年級都有兩座廁所，分別在走廊的兩端。每邊的女廁各有六間。一般說來，不同年級的，很少去用其他年級的廁所。

「妳一個人留在那邊，不怕嗎？」我問：「怎麼不一起去報告老師？」

「呃……我怕剛好又有人要來上廁所，會被嚇到。」

「妳真的很有正義感。」

「學姊，對不起，我得進教室了。」聽到這個問題，劉品潔找了個理由，一溜煙回到了教室裡。

我思考著，假設鬧鬼事件是人為的，老師來之前，有人預先躲在廁所裡裝女鬼，趁老師還沒來之前逃脫……只要……躲在廁所的那個人和劉品潔串通好。

鬧鬼的時間在星期三下午，校園裡的學生不多。她們兩人留在學校參加社團活動……如果是平常日，使用廁所的人多，就不容易製造這樣的機會。

不過，仍有一個問題——老師來時，門為什麼打不開？

趁著無人的空檔，我又回到那間廁所。

自從鬧鬼之後，除了那些少之又少、真的不怕鬼的同學敢用之外，幾乎沒有人敢靠近這裡。

我深深吸了一口氣（還好當時廁所不臭），鼓起了勇氣，開始仔細檢查。

咦？門邊的這是……？我發現了某種透明凝固物……

下一步，我開始調查操場鬧鬼事件……

那天詩萍在班上討論。她告訴我，是聽四年級的弟弟說的。

「我可以問妳弟弟一些問題嗎？」

詩萍帶我去找了她弟弟。

她弟弟說，是班上另一個同學說的，於是我又找了那位同學，原來是他安親班的學姊說的。

「你知道那位學姊的名字嗎？」我怕問下去沒完沒了，此刻他卻說出了讓我意外，又不太意外的答案：「五年二班的劉品潔。」

如此一來，幾乎可以推論——劉品潔就是負責幫茹涵製造鬧鬼事件的幫手。

茹涵

走路回家時，茹涵突然出現，擋在我面前。

「妳到底想怎樣？」她問。

或許我的查訪引發了她的警戒心吧。

「妳就是靈言少女吧？」我索性把話說開。

「誰告訴妳的？凱蒂嗎？」

「妳為了吸引凱蒂的注意，製造了整個鬧鬼事件，凱蒂還不知道吧？」我故意迴避她的問題，以問代答。

「沒這回事。」她鎮靜回應。

「我私底下問了江凱欣，她說那天劉品潔突然帶她去六年級的廁所，也太碰巧了吧。那間廁所就在我們班隔壁，也就是凱蒂會去的廁所。」

「我不知道妳在說什麼。」茹涵聳聳肩。

「那天躲在廁所裡裝女鬼的，該不會就是妳吧？還是另有幫手？我在廁所門邊發現了透明的殘膠，看起來是三秒膠，如此一來，就能製造門打不開的假象，我用另一間廁所實驗過了，量下得這麼精準，妳一定測試了不少次吧？」

「妳還是無法證明什麼。」

「月出了意外，妳自己也很害怕吧！所以妳才警告凱蒂不能告訴任何人，不然妳會詛咒她，對吧？」看著茹涵毫不動搖，我有點心慌，要是我的推理錯誤，在這裡失敗的話，恐怕就很難查出真相了。我強作鎮定，鼓足了氣勢，「妳很喜歡凱蒂，為她做了這麼多，她反而懼怕妳、疏遠妳，讓妳很受傷吧！」

茹涵聽到這句話，原本無表情的臉上混雜了憤怒、懊惱，或許還有……傷心？

「嘎——」

一聲突如其來的烏鴉哀叫，讓茹涵臉上的表情變得更加複雜。

「哼，如果我沒有能力施法，那麼月就不可能因為詛咒才出意外啊。」茹涵說。

「這是兩回事。」雅這時不知從哪裡冒了出來。她怎麼知道我們在這兒？

「假裝有魔法是一回事，使用魔法詛咒人，又是另一回事。」

這等於是間接承認了嗎？

「妳是誰？」

「跟妳一樣懂巫術和魔法的人。」雅說。

「哼。」

「妳大概不知道詛咒有副作用吧？」雅像上一次一樣，口中念念有詞，接著憑空變出了一卷像獸皮的東西。茹涵瞪大眼睛，張大了嘴。

雅緩緩打開獸皮，上面畫著一個可怕的女巫和詛咒圖案。

「月所中的詛咒，來自於幽毒女巫塔哈芭。」

茹涵的臉色發白。

「我不知道妳在說什麼。」茹涵幾乎是在無法呼吸的狀態下，擠出了這句話。

「透過魔法詛咒人似乎很厲害，但無論具不具有魔法，只要心懷惡意，施展女巫的詛咒，就要付出相應的代價。女巫的使者，就會來索取她應得的報酬……」雅一面說，一面向茹涵步步逼近。

「……」茹涵嚇得面色發白。

一身黑的雅全身散發著令人戰慄的威嚴，連一旁的我都感到寒意。

「……對不起！我只是隨便從書上找到了一個看起來很酷的詛咒圖案，沒有料到真的會發生意外……是凱蒂說要下詛咒的，不是我！對不起！**烏鴉！**」

茹涵大概太害怕了，竟嚇得胡言亂語，把雅叫成了烏鴉。

「不過，如果妳收回詛咒，並發誓不再詛咒人，一切可以抵銷，免去付出代價。」

雅再次念念有詞，變出另一卷獸皮。茹涵抖著手接過。

看著茹涵的神情，我突然同情起她來。我又何嘗不了解那種被忽視，極度渴望認同、重視的心情呢？

「妳放心，我們不會說出去的。」我望著茹涵，又望了望雅，「這件事就到此為止吧。」

「真的？」茹涵抬起頭。

「嗯，我們不會說出去。」我和雅異口同聲。

茹涵掩面啜泣起來。

「沒事了，我了解妳的心情……」

茹涵哭得更激烈了。

「沒事了……不用擔心。」雅也上前，輕輕拍著茹涵。

月

「唉，茹涵的樣子，真是可憐。」茹涵離開後，我對雅說：「妳的魔術還真是爐火純青。改天應該跟妳學幾招。」

「哈！魔術嗎？」雅似乎對這個詞感到莞爾。「不過，我想她們以後不會再任意下詛咒了，也會懂得尊重未知的力量。」

事情總算告一個段落。

「總之，謝謝妳幫我找到詛咒者。再見囉，妳是個好人。」雅說。

「哪裡，查案還挺有趣的。」我說：「下次再約，一起做點別的事？」

雅沒說什麼，只是笑著對我揮揮手，穿著黑色雨衣的背影漸漸消失在雨中。

「嘎——」此時，遠遠傳來烏鴉的叫聲，但聽起來似乎不那麼可怕了。

月回學校了。

簡直像沒發生過任何事情一樣。

「妳沒事了！真是太好了！」見到她時，我激動得哭了。
「啊？沒那麼嚴重啦。」月一臉不好意思。
「可是我聽說，妳得轉到大醫院去……」
「吼！那是我媽太緊張啦，還把我轉到臺北的醫院，根本那麼嚴重啦。讓妳擔心了，真不好意思。」
「呼……」我鬆了一口氣。
「所以，都沒事了嗎？」
「嗯，醫生都說我復原的狀況近乎奇蹟，完全沒有留下後遺症和疤痕。」
「那太好了……」
放學後，我和月又聊了很久。
月說，出事當時，腦中正在想四班子傑向她告白的事。雖然自己也有點喜歡子傑，但想到子傑和凱蒂的關係，覺得有點尷尬，於是拒絕了子傑，但一直無法跟凱蒂說明白。
聊到這裡，我赫然想起，那次之後，就沒再見過雅了。

撥了幾次手機，卻是空號。莫非手機被媽媽停掉了嗎？去圖書館也找不到人。

「妳還有遇到雅嗎？」

「雅？是誰？」月似乎很疑惑。

「妳的同班同學呀？」

「咦？沒有這個人耶。妳是不是搞錯了？」

「她不是去了妳家嗎？」我有點慌了。

「沒有啊，除了學校老師來過一次，還有妳，沒有其他人了。」

「什麼？這怎麼可能？」

我一陣暈眩。

為了確認不是月失憶，我又到學務處問。得到的答案也同樣是——沒有。

我呆站在走廊上，腦筋一片空白。

「嘎——」

我循聲抬起頭望去，這次我看見了……

一隻烏鴉正在對面建築物的頂端，隔著濛濛的雨，直直望著我。

那眼神——是雅嗎？

接著，烏鴉振翅高飛，頭也不回，消失在灰厚的雲層裡。

天一下子燦亮起來。

放晴了。

尾聲：雅的資料

後來，我無意間想起了被遺忘在床底下那疊雅給我的資料。

這次，我終於能平靜的從頭讀到尾，赫然發現其中記錄著這一段：

傳說幽毒女巫後來改邪歸正，帶著她的烏鴉使者，四處助人，成為化解仇恨和療癒創傷的光明守護者。

作者的話

小時候，還沒有「霸凌」這個詞。長大後想起一些事，想起我確實曾經霸凌他人，有時還參與霸凌，或冷眼旁觀別人的霸凌。心中真是懊悔與遺憾。

無論什麼理由，欺負弱勢者，都是從自以為是的優越感衍生而來；透過霸凌，突顯自己的優越。這種優越感，讓我們常常在無自覺的狀況下變得殘忍，並且在被霸凌者心裡留下難以想像的負面影響。

對於造成的傷害，我們無法改變；但我們可以開始學習體察別人的弱勢和難處，多給別人寬容和溫暖。想想或許哪一天，我們要是成為被霸凌的那一方呢？

而這也是讓這個世界變得更好的唯一方式。

最後，無論世界帶來什麼樣的挫折和擔憂，願我們心裡，都能保有溫暖的光。

王宇清

外表是人類，本體是一隻滿口尖牙，不時噴著酸液，易怒害羞又怯懦的妖怪。期待透過為人類小孩寫故事，進化成更好的存在。除了寫故事外，最喜歡蒐集和把玩樂器，發出旁人覺得有點吵鬧，但自認有點（很）好聽的聲音。

曾獲九歌年度童話獎、九歌現代少兒文學獎、國語日報牧笛獎、好書大家讀年度最佳讀物獎、教育部文藝創作獎等。出版有「妖怪新聞社」系列、《願望小郵差》等作品。作品散見：《小行星幼兒誌》、《巧連智》月刊、《國語日報週刊》等。

聯繫信箱：grooveching@gmail.com
Facebook專頁：王宇清的故事慢磨坊

動物群仙救李白

林哲璋

詩仙遭霸凌事件

「黑白寫！」

「大騙子！」

天庭裡，一群天兵、天將、天仙、天神追打著「天上謫仙人」詩仙李白……

「救命呀！別再打啦！」詩仙李白抱著頭、弓著背、曲著膝、求著饒。

齊天大聖孫悟空的遠房親戚「猿」大仙恰巧經過，趕緊勸開眾仙，問明個中緣由。猿大仙因為和齊天大聖沾血緣、同基因，在天庭得了個職位——專門受理天庭諸神的申訴抗議。

醉醺醺的詩仙李白獲救，挺起身，走路仍搖搖晃晃，講話還支支吾吾，整個人抱著猿大仙邊講邊哭。

「嗚——我要申訴！」詩仙李白揚言告發剛剛欺負他的同事。

「什麼理由？」猿大仙問。

「職場霸凌。」醉詩仙身醉心不醉。

「他們為何霸凌您？如何欺負您？」猿大仙拿出紙筆。

「他們誣賴我說謊，還幫我改可恥的名字、取難聽的綽號！」詩仙李白指著剛剛動手的眾神，委屈的說。

「改名字？取綽號？」猿大仙要求進一步說明。

「大家都知道我姓李，名白，字太白……他們偏偏要說我是『白』賊七的『白』。我堅決否認，他們就把我的名字『李白』改成李白『目』，字太白『目』……」

「什麼？這麼胡鬧？」猿大仙噗嗤一笑，心想：「這位在人間被稱為『天上謫仙人』的『詩仙』李白，怎麼會淪落到如此窘境？」

「我也不知道……我那些同事到底是吃錯了什麼藥？吞下了什麼蟲？」詩仙又飲了一口酒，哽咽訴苦楚。

同事見詩仙告狀，紛紛上前怒斥：「我們參加天庭升等考試，試卷裡考了一題李大詩仙的詩作〈靜夜思〉，結果每個考『仙』都答錯。我們不服，找來作者本人問答案，想不到連他自己都答不出來，你看，我們是不是錯得太冤枉？」

「對呀！要是他說出答案，我們可以拿去討公道、要分數……如果官方標準答案根本不是作者的想法，這一題說不定可以送分——本來不及格的，都能上榜，上榜不但可以升官，還可以加薪！」眾仙你一句、我一句。

「那到底題目是什麼？」猿大仙也十分好奇。

「翻譯名詩〈靜夜思〉『床前明月光，疑似地上霜，舉頭望明月，低頭思故鄉。』」眾考仙委屈的說：「我們寫到一半，突然發現：睡在房間的床上，怎麼『舉頭望明月』呢？舉頭不是只能看到天花板嗎？所以我們提出異議，卻被考官駁回，害我們名落孫山、高分落榜、心情低落、情緒失落、受人冷落、美好前途完全沒著落……」

「他們不說，我還沒想過……」猿大仙一邊念詩，一邊轉向李白：「李大詩仙，您那天上人間耳熟能詳的名詩〈靜夜思〉，詩中的『床』，真的是指房間裡睡覺的床嗎？」

「呃……可能是……」醉了的詩仙，聳了聳肩、抓了抓頭，把帽子都快抓掉了。

「胡說八道！」

「信口開河！」

「無的放矢！」

「亂七八糟！」

「……你躺在床上，眼睛只看得到天花板，哪來的明月光、哪來的地上霜、哪來的望明月？難道唐朝有玻璃屋頂、透明天花板？還是你住的是現代民宿頂樓星空房？你詩亂寫、字亂解，小心鼻子會變長！」眾考仙忿忿不平。

「猿大仙，你看看他們哪……」李白哭了起來，「眼淚」與「鼻涕」齊流，「面紅」共「耳赤」一色……

「那您就解釋呀！難道您不清楚自己躺在什麼床上？您就如實的把寫詩當時的人、事、時、地、物交代清楚不就好了——反正您有憑有據說出道理，就不怕別人無緣無故找你麻煩。」猿大仙理性分析、客觀建言。

「我也想呀！」詩仙李白慚愧低下頭說：「但是，我上天庭那時，瞥見投胎的隊伍正在領飲料，當時我正好酒癮犯了、口渴難耐，上前要了一杯喝，結果黃湯下肚，人世間的事，我竟忘了大部分……」

「天哪，您喝的是抹除前世記憶專用的『孟婆湯』吧！真是喝酒多誤事呀！」猿大仙拍著腦袋，嘆著氣說：「想當初您酒醉硬逼高力士幫您脫鞋，在官場上吃了大虧；想不到您到了天庭，仍然因酒遭殃。」

詩仙李白被說中事實，低頭不敢抬起。

「不是我說您，都到了天庭，就把酒戒了吧！」猿大仙搖了搖頭說：「我在世間，就見識過您酒醉的恐怖模樣……您應該不記得了吧，但我可記得清清楚楚、明明白白……當時，您在白帝城一大早就喝酒，還酒駕開船超速行駛，我在河岸上看見了，嚇得驚聲尖叫，不斷提醒您減速慢行、減速慢行……事後您命大沒事，還受我啟發寫了〈早發白帝城〉這首詩——朝辭白帝彩雲間，千里江陵一日還，兩岸『猿』聲啼不住，輕舟已過萬重山……」

詩仙李白不好意思的說：「喝了酒，才有靈感嘛！」

「我因善心提醒酒駕，幸運入了大詩人的詩，才有機會集滿點數上天庭當官。因此，您放心，我一定盡力幫您洗刷冤屈。」除了報恩，猿大仙也因天庭公務員天天正常上下班、日日固定吃蟠桃，開始覺得有點無聊。這時有工作忙一忙，倒也覺得興趣盎然。

猿大仙發下豪語，一定負責把「舉頭望明月」的祕密解開，讓大家去討分數、升官階。眾考仙見猿大仙擔下責任，又是齊天大聖親戚，再怎麼說，總是要給大聖面子，於是約好日後再來驗收答案，眾考仙暫且各自散去。

東床上的金龜婿

「謝謝你，猿大仙，我一定會努力找出『床』的真相——到底為什麼我躺在床上，還能舉頭望明月？我當時到底在想什麼呀？」詩仙李白決心不讓同事叫他李白目，也不能害猿大仙被眾考仙圍剿。

因為是舊識，猿大仙很有義氣的幫忙調查，他報請了主管，通過了允准，帶著李白詩仙，來到天庭圖書館。

「既然，您忘了寫詩的時空背景，那就從您的詩句中尋找線索吧！」猿大仙說：「所謂的『風格』，應該是『江山易改，本性難移』不會變的……從您的其他詩作裡，應該可以找到『床』的線索！」

「不是真的床嗎？」天庭圖書館門口走進來熊羆怪[1]，他受齊天大聖之託前來幫忙。

熊羆怪從書架上抽出一本書，指著書中的一段說：「這首詩裡有熊也有床——〈秦女卷衣〉[2]描寫不怕熊的宮女服侍皇帝就寢，提到『黃金床』，讀起來好像是指睡覺的『床』……」

李白把詩集接過來，唸著他自己寫的詩句：「……**顧無紫宮寵，敢拂黃金床……水至亦不去，熊來尚可擋**……是描寫一個宮女，因為出身低微，不敢奢望君王眷顧，因此，雖然她敢和黑熊打架，面對皇上的黃金床，卻連碰都不敢碰……」

猿大仙把書拿過來，指著書中的文字說：「可見在詩仙的時代，早就有現代睡覺用的『床』，而且皇帝睡的還是黃金打造、裝飾的眠床……」

猿大仙隨手一翻，又翻到另一首有床的詩：「……**龍駒雕鐙白玉鞍，象床綺席黃金盤**[3]……」

「『象床』是用象牙裝飾的高級床，這詩中說的也是皇帝睡覺的床。」李白一邊吟詩，一邊解釋：「而且《世說新語》裡有王羲之『東床快婿[4]』的典故。」

「沒錯！詩仙您也常常引用這個典故呢！」猿大仙因為入了李白的詩，所以多少研究過詩仙作品：「例如，您寫過一首送堂弟去求婚的詩，也用了『東床快婿』的典故：**與爾情不淺，忘筌已得魚**（我和你感情不錯，想不到你重色輕友）；**玉臺掛寶鏡，持此意何如**（準備了玉臺和寶鏡，是不是求婚去呀）；**坦腹東床下，由來志氣疏**（放心好了，你只要學學王羲之躺在床上露肚皮，就能娶到老婆啦）；**遙知向前路，擲果定盈車**（你這麼帥，此番前去路上一定有很多女粉絲送你堆滿車子的水果籃、小

1 熊羆怪是《西遊記》中的角色，住在黑風山，從黑熊原形修行成為精怪。

2 〈秦女卷衣〉天子居未央，妾侍卷衣裳。顧無紫宮寵，敢拂黃金床。水至亦不去，熊來尚可擋。微身奉日月，飄若螢之光。願君采葑菲，無以下體妨。

3 〈贈從弟南平太守之遙二首〉其一。少年不得意，落魄無安居。願隨任公子，欲釣吞舟魚。常時飲酒逐風景……龍鉤雕鐙白玉鞍，象床綺席黃金盤……

4 太傅郗鑒派門生給丞相王導送信，請求聯姻，想將女兒嫁給王家晚輩。王導對來使說：「你自己去東廂房挑選。」使者觀察後回去稟報：「王家公子都很優秀，聽說大官來挑女婿，個個正襟危坐。只有一位公子，在東面的床榻上躺著，衣衫不整還露出肚腩。好像不當一回事。」郗鑒說：「就這個最好！」於是派人求婚，郗鑒的「東床快婿」便是大名鼎鼎「王羲之」（《世說新語．雅量》）。

禮物）。」[5]

猿大仙、熊羆怪如獲至寶，帶著李白和詩集去向「考仙」們交差，但是……

「房間裡睡覺的床？我們就是寫這個答案才被打叉的呀！」考仙們異口同聲：

「你嘛幫幫忙——房間裡睡覺的床？躺在床上要如何看到天上明月光呢？你們根本沒解決問題。」

「會不會唐朝真有玻璃屋或星空房民宿？」詩仙李白囁囁嚅嚅、吞吞吐吐的說。

「別鬧了！」考仙們快要火山爆發啦！

郎騎竹馬弄青梅

經過一番吵鬧，天上眾仙排除了李白生前住過玻璃屋或星空房民宿的可能性……於是李白詩仙和猿大仙、熊羆怪又回到了圖書館。

找書時，他們碰巧遇見了在地府工作，目前正在休假——「牛頭馬面」兩兄弟裡的馬面大仙。

「幸會！幸會！」猿大仙在天庭工作，很少會見到地府的工作人員，他久聞其名——彼此同是「天庭動物職業工會」裡的註冊會員。

禮貌性的打了招呼，接著話匣子一開，就停不下來。他們從天庭地府的趣事，聊到最近的薪資問題，最後，猿大仙提到他正在幫詩仙洗刷騙子汙名，免除霸凌危機……

馬面大仙聽了覺得新奇，便說也要幫忙。

馬面大仙是「天庭動物職業工會」分支機構「天上人間馬族權益促進會」的主席，所以知曉任何關於「馬」的訊息，他們的會刊也經常刊出描寫馬的文學作品。

馬面大仙對於李白詩仙愛喝酒的個性，同樣十分了解——他有一位親戚「五花馬」，就因為李白愛喝酒，被他叫兒子牽去賣了換酒。李白把馬面大仙的親戚寫進詩

---

5 〈送族弟凝之滁求婚崔氏〉與爾情不淺，忘筌已得魚。玉臺掛寶鏡，持此意何如。坦腹東床下，由來志氣疏。遙知向前路，擲果定盈車。

作〈將進酒〉[6]：「……五花馬，千金裘，呼兒將出換美酒……」

「我的親戚被詩仙寫入詩作，還慘遭被賣換酒，因此受到玉帝憐憫，讓他到天庭擔任『天馬行空』的天馬。有段時間受了齊天大聖照顧（弼馬溫時期），所以，我更有義務幫忙你們啦！」

李白詩仙覺得不好意思，酒癮一來，他什麼都可以拿去換酒，心中只想著不醉不歸！

馬面大仙隨手一找，就找出了李白詩作裡，提到「馬」又提到「床」的詩〈長干行〉[7]：「……『郎騎竹馬來，遶床弄青梅』描述小男生騎著竹馬來找小女生玩，他們一邊繞著『床』追逐，還能一邊耍弄青梅樹……這『床』肯定不是房間裡的床……」馬面大仙一邊吟詩，一邊推測：「如果小朋友膽敢在房間裡面玩騎馬打仗，肯定被老媽揍扁……」

「有道理！」詩仙李白點頭贊成：「房間裡怎麼會種青梅樹呢？光是落葉就會讓老媽發瘋。」

猿大仙也附和。

這時，圖書館門外走進了白龍馬和虎力大仙，他們來到猿大仙面前，行了一個禮：「大聖在他的粉絲頁上，貼了你們為李白詩仙平反的消息，我們特地前來幫忙。」

「你們也跟詩仙李白有交集？」

「當然，李大詩仙曾經為我們虎族寫了一首〈猛虎行〉（裡頭也提到龍）[8]，雖然有人說這首詩不是李白寫的——但現在詩仙什麼都忘光了，也問不出真相，我們寧可

---

6 〈將進酒〉君不見，黃河之水天上來，奔流到海不復回？君不見，高堂明鏡悲白髮，朝如青絲暮成雪？人生得意須盡歡，莫使金樽空對月。天生我材必有用，千金散盡還復來。烹羊宰牛且為樂，會須一飲三百杯。岑夫子，丹丘生，將進酒，君莫停。與君歌一曲，請君為我側耳聽。鐘鼓饌玉不足貴，但願長醉不願醒。古來聖賢皆寂寞，唯有飲者留其名。陳王昔時宴平樂，斗酒十千恣歡謔。主人何為言少錢，徑須沽取對君酌。五花馬，千金裘，呼兒將出換美酒，與爾同銷萬古愁！

7 〈長干行〉妾髮初覆額，折花門前劇。郎騎竹馬來，遶床弄青梅。同居長干裡，兩小無嫌猜。十四為君婦，羞顏未嘗開。低頭向暗壁，千喚不一回。十五始展眉，願同塵與灰。常存抱柱信，豈上望夫臺。十六君遠行，瞿塘灩澦堆。五月不可觸，猿聲天上哀。門前遲行跡，一一生綠苔。苔深不能掃，落葉秋風早。八月蝴蝶黃，雙飛西園草。感此傷妾心，坐愁紅顏老。早晚下三巴，預將書報家。相迎不道遠，直至長風沙。

8 〈猛虎行〉朝作猛虎行，暮作猛虎吟……秦人半作燕地囚，胡馬翻銜洛陽草……巨鰲未斬海水動，魚龍奔走安得寧……今時亦棄青雲士，有策不敢犯龍鱗……金鞍駿馬散故人……攀龍附鳳當有時……我從此去釣東海，得魚笑寄情相親。

信其有，不可信其無……何況，就算是模仿，也是模仿當時的人、事、物，對於解開『床』的祕密，應該有所幫助。」

「那你們帶來了什麼線索？」馬面大仙、熊羆怪和猿大仙不約而同的問。

「〈猛虎行〉一詩，提到跟『床』有關的是：『有時六博快壯心，繞床三匝呼一擲』……」在西天取經過程中被齊天大聖降伏的虎力大仙一邊背詩，一邊說明：「『六博』是一種桌遊，『繞床三匝呼一擲』意思是有人玩桌遊，拖拖拉拉繞床三次還不擲骰子，被同伴噓聲抗議，要他心臟強一點，動作快一點。所以，我想『床』應該是一種可以用來玩桌遊的設備！」

「床上可以玩哪——只是爸媽會罵，棉被會髒……」熊羆怪說。

「最好是大人會在床上玩桌遊……」猿大仙白了熊羆怪一眼。

他們正七嘴八舌討論時，圖書館又有神仙走了進來。

「我告訴你們，床其實不是床，是地板！」哮天犬大仙帶了秋田犬大仙來到圖書館。秋田犬大仙告訴大家，唐朝文化傳到東瀛、唐朝貴妃逃到日本，所以日本許多文化都和唐朝有關……而日本『床』字的意思是『地板』——日本人直到現在都還習慣睡在榻榻米地板上，把地板當作床，這也合理。」

秋田犬大仙表示：日本老屋的「地板」除了房間有，屋簷下也有，也可以當床睡。屋簷下的地板不但可以耍弄到青梅樹，也能把床前明月光，懷疑是地上霜，更可以舉頭望明月！

「有道理耶！」大家眼睛一亮。

「快帶我們到現場看看吧！」詩仙李白要求猿大仙帶大家找棟日本老屋體驗、體驗，畢竟在二十一世紀的現代天庭，找不到有唐代元素的屋子了。

於是猿大仙向齊天大聖借來了筋斗雲，載大家下凡去。

不過，他們發現寶島臺灣修復的日本老屋更多，他們找了間有簷廊地板的老宿舍作田野調查。

詩仙李白躍躍欲試，立刻拿起了馬面大仙變身成的竹馬，開始遶著「床」——屋簷下的地板——跑了起來，遶的時候確實可以邊跑邊玩院子裡的樹木，可以「遶床弄青梅」……也可以躺在屋簷下的地板上「舉頭望明月」，並且把明月光看作地上霜！

「可……可……是」詩仙李白騎著竹馬遶了兩圈後，氣喘吁吁的說：「好像……

好像遶太大圈了……好喘，小孩子玩不了吧……」

「是有點累！」化身成竹馬的馬面大仙也覺得遶「簷廊」等於遶了整座屋子，這實在太累了，小朋友一定吃不消。

「雖然遶簷廊可以碰到青梅樹，可是，這種遊戲太累了，小朋友這樣遶，肯定會跌倒……」秋田犬大仙發現了理論與實際的距離。

大家一致決議——「床等於屋簷下的地板」這個答案不好。

玉兔說是摺疊椅

「別鬧了，床不是睡覺的床，是唐代的行軍床、現代的摺疊椅啦！」玉兔大仙從月宮上緩緩降落。

「玉兔大仙不在廣寒宮搗藥，為何來此湊熱鬧？」猿大仙上前行禮，明知故問。

「當然是大聖拜託『天蓬元帥』商請嫦娥仙子差我下凡來幫忙的囉！」玉兔大仙動了動他的長耳朵，晃了晃他的短尾巴。

「既然玉兔大仙前來相助，想必胸有成竹、心有答案囉！」猿大仙試探的問。

「當然！我們兔族也常在李白的詩裡出現呢！有一首詩叫〈把酒問月〉[9]：**青天有月來幾時，我今停杯一問之……白兔搗藥秋復春，嫦娥孤棲與誰鄰。今人不見古時月，今月曾經照古人……**」

「呃……是是是，但這首詩裡沒有『床』，你怎麼能知道〈靜夜思〉裡的『床』到底是什麼呢？」

「這……」玉兔大仙還沒張口，玄武大帝的寵物「蛇大仙」就騰雲而至：「兔大哥，別不好意思，老實說吧！」

玉兔大仙皺起了眉，嘆了口氣說：「我與詩仙無冤無仇，他實在不該詛咒我們兔子一族……」

---

9 〈把酒問月〉青天有月來幾時。我今停杯一問之。人攀明月不可得。月行卻與人相隨。皎如飛鏡臨丹闕。綠煙滅盡清輝發。但見宵從海上來。寧知曉向雲間沒。白兔搗藥秋復春。嫦娥孤棲與誰鄰。今人不見古時月。今月曾經照古人。古人今人若流水。共看明月皆如此。唯願當歌對酒時。月光長照金樽裡。

「詛咒?」

「老實說，這簡直是虐待動物外加種族屠殺罪！」玉兔大仙憤憤不平、咬牙切齒的說：「李白寫〈草書歌行〉吹捧狂草書法家懷素也就算了，竟然吹牛臭屁說懷素寫書法『墨池飛出北溟魚，筆鋒殺盡中山兔[10]』，意思是懷素大師用來磨墨的池子可以養鯨魚，而為了補充、供應他寫壞的兔毛筆，竟把中山國的兔子都殺光了。大詩仙李白是不是喝多了?這也太誇張了吧！而且毛筆幹麼都用兔毛的，不會用『狼』毫筆嗎?兔子跟你們有仇啊?」

「唉呀！那是懷素大師用的毛筆，不關李白詩仙的事啦！」猿大仙出面想打圓場。

「拜託……這寫得太誇張，小朋友亂學怎麼辦?要加警語啦！」玉兔大仙明顯很不開心。

李白詩仙雖然喪失了記憶，但作詩的能耐可沒忘，他解釋道：「那是『誇飾法』啦！我常用這招呀，我還用過什麼『白髮三千丈』、『十步殺一人，千里不留行』……」

「別氣！別氣！你還是趕快告訴我們『床』的祕密吧！」猿大仙拍拍玉兔大仙的

肩，安慰他小心生氣傷身。

「好吧！畢竟是嫦娥仙子的請求，我受人之託，忠人之事……〈草書歌行〉這首詩裡提到了『吾師醉後倚繩床』……」

「那繩『床』是……？」

「就是用繩子當材料製作的摺疊椅啦！是胡人的行軍椅，以前用繩子編，現代拿帆布縫！」玉兔大仙仔細解說。

「喔……那你的意思是說：床前明月光的『床』，是一把行軍椅，李白詩人當時是坐在椅子上，在院子欣賞月光？」猿大仙邊模擬邊發問。

「當然！如此自然就能『舉頭望明月』，合理的『疑似地上霜』啦！」玉兔大仙還說：「神雕大俠的師父小龍女誤以為『繩床』真的是一條繩子做成的床，天天睡在

10 〈草書歌行〉少年上人號懷素。草書天下稱獨步。墨池飛出北溟魚。筆鋒殺盡中山兔……吾師醉後倚繩床。須臾掃盡數千張。飄風驟雨驚颯颯。落花飛雪何茫茫。……恍恍如聞神鬼驚。時時只見龍蛇走……古來萬事貴天生。何必要公孫大娘渾脫舞。

繩子上，誤打誤撞、瞎貓碰上死老鼠，反倒練成了絕世武功……」

「原來如此……」

正當大家覺得謎團將解時，想不到馬面大仙又發言了：「等等……如果床是繩床、摺疊椅，騎著竹馬繞椅子會不會卡卡的、不好繞呀！」

「可是，胡床可以放在院子裡，只有它可以望明月，玩青梅樹啊！」

大夥你一言我一語，吵了起來。

「詩仙李白的詩句裡確實有很多胡床——摺疊椅！」圖書館管理員蠹蟲大仙找到了許多有關「胡床」的李白詩。

庾公愛秋月，乘興坐胡床[11]……

胡床紫玉笛，卻坐青雲叫[12]……

蠹蟲大仙還知道李白家的摺疊椅都掛在哪裡——「去時無一物。東壁掛胡床[13]。」

——胡床都掛在東邊的牆壁上，只有摺疊椅才能掛，睡覺的床根本無法掛到牆壁上。

雖說李白詩中言及胡床無數，但馬面大仙提出的「竹馬怎麼邋遢」這個問題也無法忽視。

「廊簷地板太廣，但摺疊椅面積太小，都不好邋遢呀！」

「是呀，我的詩中提到胡床，都是在『床』字前面加個『胡』或『繩』字，就如同洋房、洋裝前面都加了『洋』字，在水床、石床前面都加『水』字、『石』字，從來沒有單獨用『床』代表胡床、摺疊椅。『胡床』之名應該是指摺疊椅具有類似床的坐臥功能，不能證明床前明月光的『床』一定是胡床、摺疊椅。摺疊椅不好睡、不好邋遢，說床前明月光的『床』是摺疊椅，的確有點說不通……」李白讀了讀自己的詩，也開始覺得怪怪的。

11 〈陪宋中丞武昌夜飲懷古〉清景南樓夜，風流在武昌。庾公愛秋月，乘興坐胡床。龍笛吟寒水，天河落曉霜。我心還不淺，懷古醉餘觴。

12 〈經亂後將避地剡中留贈崔宣城〉……胡雛更長嘯，中原走豺虎……我垂北溟翼，且學南山豹。崔子賢主人，歡娛每相召。胡床紫玉笛，卻坐青雲叫……

13 〈寄上吳王三首其二〉坐嘯廬江靜，閒聞進玉觴。去時無一物，東壁掛胡床。

偷油鼠說井欄干

此時，圖書館走進來「黃毛貂鼠」大仙，他因為在佛祖那兒偷油吃被發現，逃下凡間，遇上了大聖師徒，才得以重回天庭。今日他也受大聖之託而來：「詩仙寫的詩句裡，有一句『拂床蒼鼠走』，意思是有人在鋪床，老鼠受驚四竄。老實說，我們聰明蓋世的鼠輩難道會躲在摺疊椅下嗎？我們又不是笨蛋，我們當然躲在人們睡覺的大床底下才安全哪！」

「對呀！摺疊椅怎麼玩桌遊？」虎力大仙也覺得胡床實在不像「**有時六博快壯心，繞床三匝呼一擲。**」裡的床，也不像「**床前明月光**」的床。

「鼠兄，你平常和本次出題的佛祖最親近，可曾從佛祖那兒探聽到什麼線索？」

猿大仙熟知黃毛貂鼠的來歷，心想說不定他有什麼內線消息。

「猿大仙，你不愧是大聖的親戚，眼睛一目了然，媲美火眼金睛……」黃毛貂鼠大仙笑著說：「大聖派我來這兒，不是教我來翻書找詩的……而是要我把從佛祖那兒探聽到的消息送來。」

「是嗎？那你快說！」大家引頸期待，洗耳恭聽。

「我上了燈臺，一邊偷油吃，一邊偷聽話，我聽到佛祖和觀世音菩薩在討論……『有鑑於各考仙為了這一題是否送分，奔波天上人間到處查訪，連天庭圖書館都不得安寧，玉兔不搗藥，馬面不抓鬼，哮天不看家……』觀世音向佛祖求情：『不如給他們一點提示吧！』

佛祖捻著一朵小花，微微笑著，用被大聖尿過的那只手，在天空上寫了兩個字……」

「哪兩個字？」眾仙急問。

「井──欄！」黃毛貂鼠大仙說：「我查過了，以前人們在院子挖井，怕小朋友不小心掉進去，會用木頭將井洞的四周圍起來──這也是『井』這個字的形狀──後世也有人用磚砌圍牆……『井欄』就是：井邊的欄干！」

「原來如此！」詩仙李白想了一想說：「井在院子裡，可以騎著竹馬遶，也可以弄青梅，這答案好像沒錯！」

「可是……『井欄』可以玩桌遊嗎？」虎力大仙還是執著「六博」的桌遊要如何

在床上玩。

「而且井欄不能睡人呀！」

「為什麼要睡在井欄上？」

「各位想想看，李白詩仙若不是睡眼惺忪，怎麼會把床前的明月光，誤認為地上的霜？依照我們對詩仙的了解，他一定是爛醉喝掛，半夜冷醒起床上廁所，迷糊之間才會把月光看成結霜。」

「有道理，誰清醒時會搞錯月光呢……」

「詩仙如果睡在井邊的欄干上，應該會掉進井裡吧！」黃毛貂鼠大仙皺起眉頭說：「我自己也覺得奇怪……詩仙寫給我們鼠族的詩句『拂床蒼鼠走[14]』，若說『床』是井邊欄杆，難道我們鼠輩會蠢到躲在井邊欄干裡？而且，人們也不會沒事去井欄鋪床單哪！」

「難道佛祖的答案是錯的？」為了送線索前來的觀世音也加入了討論：「李大詩仙不是寫過『梧桐落金井，一葉飛銀床[15]』的句子？……梧桐子落進井裡，梧桐葉掉在井邊欄杆上——說床是『井欄』很合理呀！」

「金色、銀色是指月光灑落其上的反光，金井可能是月光下的井，但是銀床或許是葉子被風吹進房間，掉在照滿月光的房間床上！」

「也可能是葉子落到廊簷地板上呀！那地方照得到月光！」秋田犬大仙和哮天犬大仙仍未放棄「地板」的可能性。

「這……這……這……」觀世音菩薩也語塞了，自從天庭改採建構式教育之後，標準答案都不那麼標準了。

「如果只因為床和井寫在一起，就說床是井欄，那麼詩仙這首〈洗腳亭〉[16]怎麼解釋？……『前有昔時井。下有五丈床』，這兩句是說前方有古人挖的井，下方有五十尺見方的床，五十尺，那『井欄』圍的不是井，是游泳池吧！這詩中的床，明明就是

14 〈冬日歸舊山〉……白犬離村吠，蒼苔壁上生。穿廚孤雉過，臨屋舊猿鳴。木落禽巢在，籬疏獸路成。拂床蒼鼠走，倒篋素魚驚……

15 〈贈別舍人弟台卿之江南〉……梧桐落金井，一葉飛銀床……潛虯隱尺水。著論談興亡……

16 〈洗腳亭〉白道向姑熟，洪亭臨道旁。前有昔時井，下有五丈床。樵女洗素足，行人歇金裝。西望白鷺洲，蘆花似朝霜。送君此時去，回首淚成行。

河床、石床的意思。」喜歡吃腳腳的哮天犬提出質疑。

「河床，就是河的地板，所以床是廊簷下的地板啦！」秋田犬大仙附和。

「就跟你們說過不好遶啦！」馬面大仙和詩仙澆他們冷水。

於是，大家又吵了起來。

「都別吵了，只有我才知道答案！」秋田犬大仙後頭冒出一隻小狗……哮天犬大仙為大家介紹——小狗名叫康國子，在人間時是楊貴妃和唐玄宗的寵物，因為聰明程度達到了「神犬」的境界，所以升天成了「犬神」。

「你知道『井欄』到底是不是〈靜夜思〉的床？」眾仙不約而同望向康國子。

「當然，我還沒升天時，就已經聰明絕頂、IQ破表、智商超標……有一次，我主人楊貴妃的老公唐玄宗下棋快輸了，主人對我稍稍使個眼色，我立馬跳上棋盤，把棋局弄得亂七八糟，雙方只好握手言和、算是『平手』。事實上，有我在場的棋賽，主人和丈夫從來沒輸過，號稱『不敗福星』……言歸正傳，事情沒有這麼簡單……佛祖提示『井欄』，就說是提示了，又沒說是答案！要知道佛教講求『頓悟』——師父領進門，修行在個人，你們難道以為佛祖給的線索就是答案？這可不是佛祖的作風。」

「有道理！」眾仙紛紛點頭。

「沒錯，佛祖在傳道時也只是拿著花一直微笑，」觀世音菩薩點頭稱是：「佛祖給我們提示，心裡肯定希望我們自己頓悟解謎。」

「那康國子大仙你是為了什麼原因來幫忙，是大聖拜託你，還是詩仙的詩句裡也提到你？」猿大仙提問康國子。

「非也！其實我是來看熱鬧的，我不喜歡李大詩人喝醉就亂寫詩……」康國子搖著頭說：「他曾經寫詩『精神霸凌』我的主人——大名鼎鼎的楊貴妃！」

「不可能，我才不會做這種事，你憑什麼說我霸凌你家主人？」詩仙連忙否認。

「你敢否認你寫第一首〈清平調〉——**雲想衣裳花想容，春風拂檻露華濃，若非群玉山頭見，會向瑤臺月下逢**——不是在諷刺我家主人妝化太濃？第二首還用瘦巴巴能在掌中起舞的趙飛燕，反諷我們家胖嘟嘟能幫華清池省水的楊玉環……嗚……虧我家主人當時以貴妃之尊還幫你磨墨，你就這麼報答她……」

「什麼！誰說〈清平調〉是這個意思？」

「高力士說的。」

「天哪，人人都知高力士因我逼他脫鞋而懷恨在心……一定是想陷害我，他才故意亂解釋的啦！」

「是這樣子嗎？」康國子歪頭狐疑。

「沒錯！我們在天庭上課，都讀過這首詩和它背後的故事。」眾神站出來為詩仙作證。

「真的？」

「我發誓！」李白舉起三根手指頭。

「好吧！既然是一場誤會，那我就告訴你『井欄』的祕密，充當賠罪……我的主人楊貴妃生前曾經幫一個人取了綽號，就叫『井欄』。」

「誰？」

「她的大姐。」

「誰？」

「韓國夫人！」

「啥？韓國夫人？」

「我想起來了！重點是『韓』國，不是夫人……」矗蟲大仙拿出圖書館的大字典，查了「井欄」和「韓」一詞：「我記得沒錯，『韓』字的原意就是『井欄』……」

「佛祖告訴我們的果然不是答案，而是線索。」觀世音菩薩眼睛一亮。

院子裡的那張床

「佛祖暗示要我們去『韓國』找答案，對吧？我們去過日本，也應該去韓國找找線索，畢竟這些國家都深受唐代文化影響。快來！筋斗雲……」猿大仙急著呼叫筋斗雲。

李白抓著頭問：「韓國是戰國時代的韓國嗎？」

「不用，不用……」矗蟲大仙說：「去『大韓民國』也是大海撈針，不如我們去視聽教室看韓劇還比較快啦！」

於是大家來到視聽室借了一堆韓劇來看，由於天上一天，地上一年，所以韓劇都是處於快轉狀態，大家看得不亦樂乎。

「這個……這個……」大家不約而同的張大眼睛：「韓國的古代房子『韓屋』的院子裡，真的都有一張床耶！」

「對，這個叫『평상』的涼床，韓國好像以前家家戶戶的院子裡都有，就算是現代，連頂樓加蓋的屋塔房門口都有這個！我查網路翻譯『평상』有『涼床』也有『平常』的意思，可見是很普遍的家具！日韓受唐文化影響，或許唐代家庭院子裡也有涼床，詩仙喝酒醉回家，迷迷糊糊就在院子裡的涼床躺下呼呼大睡，半夜被夜露冷醒，才會在那裡床前明月光，疑似地上霜啦！」

「真是讀萬卷書不如行萬里路，行萬里路不如看電視查網路……」眾仙慨嘆。

秋田犬大仙看了韓劇裡的床，驚叫道：「這種床，我們日本也有……院子裡真的有床！」他查網路，秀出了金澤城、兼六園的照片——金澤城內的院子裡擺了一堆「床」。

「是呀！」康國子驚叫一聲道：「我的主人都是在院子裡的涼床和皇帝下棋呢！」

「這個院子的涼床，小朋友騎竹馬遶起來剛剛好，站在上面還可以弄青梅，也可以玩桌遊，合理、合理、恰當、恰當……我沒有寫錯，躺在涼床上，沒有天花板，當然可以『舉頭望明月』啦！考仙們不能說我說謊，也不能叫我李白目和李太白目啦！」詩仙李白雀躍不已。

這時雲層中傳來佛祖的聲音：「恭喜！恭喜！你們求知精神可佩，推理能力了得！其實，我的參考答案寫的就是『井欄』！可是你們找出來的答案『涼床』更加合理……那麼，為了解詩仙的圍，本次升等考試這一題，通通算對，個個給分——送分！送分！」

「床」的風波過了一年，天庭的下一次升等考試，試卷上出了唐代詩人溫庭筠的詩：「冰簟銀床夢不成，碧天如水夜雲輕。雁聲遠過瀟湘去，十二樓中月自明。」詩中又出現了唐代院子裡那座——鋪著冰涼席子（簟）的——涼床。這題翻譯題，再也沒有考仙寫錯啦！「銀床」的床不會被翻譯成井欄（在井欄上鋪席子，人一睡上去，不就掉到井裡去）、摺疊椅或地板啦！

作者的話

「床前明月光，疑似地上霜；舉頭望明月，低頭思故鄉……為什麼睡在床上，還能舉頭看明月光？」從小我當學生時問老師，長大我當老師時被學生問，總是問不出所以然。甚至我都找到了「老婆和老媽掉進水裡，先救誰」的正解，卻仍舊苦尋不著這「床」的真相。

幸好，孝感動天——《二十四孝》陳遺因母親喜歡鍋巴，日日收集鍋巴準備獻給媽媽，因而倖免於某次飢荒——我則是陪親媽看韓劇，以及陪未來孩子的媽去日本旅行，幸運解開了這世紀之謎。

孔子說：「禮失求諸野（朝堂禮樂、制度不見了，就到民間尋找）。」應是最古老的偵探原則之一。

唐僧是唐太宗拜把兄弟，李白和太宗曾孫玄宗麻吉麻吉，因此，孫悟空出借其所收伏的仙禽神獸，應是想當然耳，剛好而已。

林哲璋

家住臺灣高雄路竹，竹東里人，人長約六尺四，四眼田雞，雞鳴不起常賴床，床前明月光打呼，呼朋引伴學人作文，文章時常萌稚氣，氣質適宜寫童話，話說筆耕十數年，年產作品二、三本，本事不大食量大，大小讀者所知拙作——「屁屁超人」、「用點心學校」、「不偷懶小學」、「仙島小學」、「寵物功夫學校」等系列。

驅魔偵探與捏臉魔

翁裕庭

密密麻麻的黑點點在地上呈階梯狀移動，看不出來是在上樓梯還是下樓。

沒錯，螞蟻的確是守紀律的動物，牠們一隻接著一隻列隊行進，絕不會雜亂沒有次序。據說牠們認路的方式是尋找氣味，走在前頭的螞蟻一路留下氣息，而後頭的螞蟻則沿著氣息跟著走，也許是回家，也許是去找食物。

「袁欣，你蹲在那裡幹麼？」

回頭一看，跟我講話的人是許澤楷，這傢伙把我當成好麻吉，但我可沒這麼認為，只是懶得戳破他的自以為是。

「螞蟻很厲害耶，可以背負比自己重幾十倍的物品。」我說。

許澤楷湊過來。瞧了十秒鐘，下了結論：「這附近一定有螞蟻窩。」

廢話！這還用你說。我眼睛看得到，我以半蹲姿勢沿著螞蟻行進的軌跡前進。

「要不要吃小熊軟糖？」他問。

「不用了。」

「這個新口味很特別哦。」他邊嚼邊說。

「我對甜食沒興趣。」

最後在操場牆邊看見螞蟻依序鑽入一個五元硬幣大的窟窿，我把眼睛湊近洞口，烏漆嘛黑的什麼都看不到，也不曉得有多深。

「說不定牠們也在底下看著你哦，」許澤楷說。

我腦袋裡出現了成千上萬隻螞蟻抬頭往上張望的駭人畫面，不禁打起哆嗦，趕緊抬頭挺胸站起來。

「你要幹麼？」許澤楷突然大叫。「我才不要給你捏！」

又在亂叫什麼？我轉身一看，許澤楷被困在牆角，有個女生擋住他的去路，伸長雙手像是要抓住他。

「捏一下又不會死。」

「別想，」他擺出戰鬥姿態。「我沒事幹麼給你捏好玩。」

兩人一時僵持不下。許澤楷突然往右閃身，想要出其不意的趁隙鑽出去，卻被那個女生伸腿一絆摔個四腳朝天。轉眼間她已經跨騎在他胸口上，雙手齊出往他的腮幫子捏下去。

「好痛！」他哇哇大叫，只見那女生搖搖頭，立刻挺身站起來，隨即轉頭盯著我看，那眼神就像是……把我當成獵物在打量。我心裡正覺得發毛，她突然把頭轉開，對許澤楷微微一笑。

「多謝你的成全。」她一邊說，一邊伸出右手食指和中指頂在太陽穴旁邊，比出敬禮的手勢，然後轉身走掉了。

這是什麼狀況？我簡直看傻了眼。

「她是誰啊？」

「你不知道她是誰？」

「你不要一直講廢話行不行？我要是知道，幹麼問你？」

「她是任如萱，上禮拜才剛轉來六年五班。」

「轉學生？」我感到意外。「長得還算正，可是眼神超殺。」

「才轉來幾天，她已經把學校搞得天翻地覆。」

我搖搖頭。「你成全她什麼事？」

「我是被迫的好嗎？」他撫摸自己的臉頰。「據說她發下豪語，要在五天內捏到兩百個人的腮幫子。」

「噢，你貢獻了兩百分之一，」我拍了拍自己逃過一劫的臉頰。「她這麼做有什麼意義？」

「我哪知道啊？」許澤楷停頓了一下。「她說過一句超有名的誑語：長得正就是正義……」

「什麼啊？」

「這句話還有下文：美女做什麼都可以被原諒，反正又沒有傷害到你。」

把「捏人腮幫子」當好玩，這傢伙絕對有病。下次再給我遇到，我一定……溜之大吉、快閃為妙！

吃完晚飯，我一邊寫功課，一邊聽新聞。

警方破獲黑幫販毒案！刑事局在新北市一棟承租大樓查扣一百一十八萬顆一粒眠，市價約莫三億元……

非哥開門走進來，一屁股往我後面的沙發落坐。我大概有兩天沒見到他人影。

「案子忙完了？」我回頭問他。

「差不多要結案了。」

非哥全名是胡非，自稱「賽伊特」，外界稱呼他「驅魔師」，但也有客人叫他「驅魔偵探」。簡單說，他是承接案子的私人調查員，要處理的案主都有著魔的傾向，最特別的是結案時會舉辦一場驅魔儀式。

一個月前我終於親臨現場，目睹了那場儀式，但不知該說幸還是不幸，至今回想起來仍忐忑不安，此後每當看到繩子就會心慌慌。

「很厲害嘛，可以一心兩用，寫功課的同時還可以看電視。」

「這不是大人會講的話吧?在這種時候,你應該要說『看什麼電視,馬上關掉!給我認真寫功課!』」

「我這個人啊,一向從正面的角度看事情。」

哼,講話這麼虛偽,一定有鬼。

「你到底想要說什麼?」

非哥皮笑肉不笑的拍拍我肩膀。

「果然是聰明的小孩。好吧,我有案子要你幫忙。」

「幹麼不直接問我?」

「以前你一直吵著要幫忙,但一個月前的案子解決之後,你就不吵我了,」他停了一下。「我以為……」

「什麼時候要去見委託人?」我打斷他的話。

「半個鐘頭後。」

我闔上作業簿,關掉電視機,立刻站起來。

「那還廢話什麼?快走吧。」

半個小時後，我們走進一棟六層樓高的建築，站在三樓一間公寓的門口。來應門的是個長相斯文的中年大叔。他領我們進客廳，送上茶水之後也跟著坐下來。三人一時默默無語，場面有點尷尬。

「很抱歉，我太太正在勸我女兒出來見客。」他終於開口。

「沒關係，先聽聽你的說法也行，」非哥回答。

他眉頭深鎖，一副很苦惱的樣子。

「其實我們也搞不懂出了什麼事，」他停頓一下，搔了搔頭。「我女兒本來很乖，突然間變得很不講理，上禮拜莫名其妙說要轉學，我們問了半天她什麼都不肯講，只說盡快幫她辦轉學就對了。」

「會發生這種情況，通常是在學校被霸凌。」

「我們也這麼以為，可是她在班上的人緣很好，我太太檢查過她的身體，並未發現遭受凌虐的痕跡。」

「也許是被勒索要錢？」

「總之，我幫她辦了轉學，學籍還沒轉過去，人先去借讀，」他不置可否的說：

「哪知問題沒解決，情況反而更嚴重，她才去上課幾天，每天回家衣服都髒兮兮的。我們問學校，老師卻說不清楚狀況，但是看到她跟幾個同學發生了肢體衝突。」

大叔重重的嘆了口氣。

「我們現在很頭痛，就怕她雖然轉學了，還是陷入霸凌的惡性循環。」

「如果是這樣的話，」非哥說：「你們應該要跟校方好好溝通，試著找出癥結所在，必要時也可以尋求兒福聯盟或警方的協助，而不是來找我這個不相干的人。」

大叔眼睛紅紅的，一副泫然欲泣的模樣。

「被霸凌之後若是露出畏畏縮縮的樣子，這我還可以理解，但我們卻看到她像是著了魔，對著鏡子伸出雙手抓自己脖子，」他的聲音哽咽。「情況真的很不對勁。」

現場一片靜默。我正想講幾句話安慰大叔，左前方的房門突然打開，一個阿姨帶著一個小孩走出來，兩人一前一後來到我們面前。

「胡先生，不好意思，讓你們久等了，」她微微鞠躬，轉身指著那個小孩說：「這是我女兒。」

她女兒走出來，我當場愣住了。這位疑似著魔的女生，就是我唯恐避之不及的任如萱！

還沒走到六年五班，老遠就聽到有人大叫「痛死了！」我走近一瞧，咦，教室裡沒出亂子，倒是六年三班那邊有騷動。

「你這個瘋子，幹麼偷襲我？」

怒罵聲是從六年三班傳出來的。我小跑步到教室門口，看見一個男生邊摸臉邊發飆，站在他對面的任如萱嘻皮笑臉的拍拍手，彷彿在拍掉手上的灰塵似的。

「原來你還蠻細皮嫩肉的。」

「要不是你是女的，我一定揍你一頓，」他握起拳頭說。

「來呀，」她踏前一步，挺起胸膛說：「要不要掀起上衣，讓我瞧瞧你有沒有六塊肌？」

他惡狠狠的瞪著她，眼看就要引爆戰火，他卻突然鬆手。

「魔女，懶得理你，」他撂下狠話就走掉了。任如萱若無其事的離開教室時，和站在走廊上的我對上了眼。她大步走到我面前。

「怎樣？你也想被我捏一把？」

「他是第幾個？」

「干你什麼事？」

「捏人腮幫子有這麼好玩嗎？」

「美女要做什麼都可以……」

「反正又沒有傷害到別人，對吧？」我搶了她的臺詞，然後上下打量她。「你還算保有美女的外形，不過，你聽到別人叫你『魔女』吧？」

「那不是很好嗎？有我這種魔女存在，你們這些驅魔偵探就不怕沒飯吃了。」

「口氣這麼酸喔，」我繃著臉說：「為什麼要捏人腮幫子，為什麼要捏兩百個人，我真的想不通。」

「你們不是號稱偵探？那就自行找出答案吧。」

她話還沒說完，目光已飄向我的後方。只見她有如鎖定目標的雷達，右手往前一指，嘴裡吶喊著「同學，就是你，別跑」，隨即繞過我身邊飛奔而去。不用轉頭看也知道她要幹麼。這樣交得到朋友嗎？為什麼要轉學？她之所以捏人臉頰，莫非是不想被霸凌，所以先下手為強？這招會有用嗎？我深深感到懷疑。

吃完晚餐後，非哥和我召開第一次的討論會議。我報告了今天任如萱在學校的惡行惡狀。

「很多爸媽都以為自己的小孩很乖，其實他們在學校真的很誇張。」

「放學後呢？」非哥問。

「我一路跟蹤她回到家，沒去別的地方，不過，」我遲疑了一下。「她在某個路口停頓了一會兒，紅綠燈號誌轉換了三次之後，她才穿越馬路，但我不確定這有什麼意義。」

非哥思索片刻，然後打開筆電。

「關於任家的背景資料，從我這邊調查的結果來看，顯示他們家很單純，任先生在國稅局上班，任太太在出版社擔任編輯，家境小康，沒有負債，沒有前科，獨生女任如萱的學區應該是這裡的世華國小，為了配合爸爸上班地點而改念東園國小。根據她以前老師的說法，任如萱是個好學生，功課好、人緣佳，她要轉學這件事讓大家都很難過。」

「有人知道她突然轉學的原因嗎？」

「她不想再一大早就跟著爸爸出門，想晚點起床，自己走路上學。這是她對外的說法。」

「這不太對啊，」我半信半疑的說：「想晚點起床走路上學？結果卻是到學校惹事生非。況且，只差半年多就要畢業了欸。」

非哥開了罐啤酒，接著翻開筆記本。

「我從警方那邊得到一個有意思的情報，」他喝了一口才說：「八天前，在華泰國中附近的路口發生一樁意外事件，有個小六女生葉雲珊被貨車撞死了，司機堅稱她踏上斑馬線時是亮著紅燈，而當時的目擊者正是任如萱。」

「該不會是被任如萱推去撞車的吧？」

「她們倆是鄰居，也是好朋友。」

我不禁吹起口哨。「我怎麼覺得哪裡怪怪的？」

「根據任如萱的口供，當時她和葉雲珊邊走邊講話，轉眼間葉雲珊不見了，下一秒她聽到了煞車聲，然後就看見葉雲珊被車撞飛了，」非哥又喝了一口。「警方認為任如萱作證時情緒不穩，而且語無倫次。」

「看到好朋友被車撞，誰還能一副無所謂的樣子，」我暗自嘆息。「她說了什麼奇怪的話？」

「大致上來說，她表示葉雲珊很緊張，而且睡不好，並主張她的死因大有問題，」他翻到下一頁。「她說葉雲珊斷氣前說了三個字『他有ㄏㄨˇ……』。」

「他有ㄏㄨˇ？什麼意思？」

非哥聳聳肩。「也有可能是二聲ㄏㄨˊ。」

「警方怎麼說？」

「還能怎麼說，死因很明顯是車禍身亡。」

我搖搖頭。

「對了，葉雲珊念哪所學校？」

「你問到重點了，」非哥闔上筆記本，看著我說：「她生前念世華國小。」

我發現任如萱是很好搞定的調查對象，因為根本不用花什麼力氣去跟蹤，她就會自行出現。第一節下課我站在走廊上，看到她在追一位男同學，並且順利捏到他的腮幫子。第二節下課我穿越操場時，目睹她和一位身形較為粗壯的男生對峙，總算費了一番手腳才得手，不過整個過程有點像跟相撲選手對戰，最後她被壓倒在地，但也趁機捏了他臉頰。她從地上爬起來整理儀容時不帶笑容，反而滿臉懊惱，顯然這遊戲沒那麼有趣啊，既然如此，何必要對兩百人苦苦相逼？

想不通的時候別鑽牛角尖，最好的辦法是去請教專業人士。於是午休時，我去保健室找護士阿姨，請她指點迷津。

「你很在意任如萱？」

「哪有，誰在意她啊，」我趕緊否認。「我純粹是好奇而已。」

護士阿姨斜睨著我，一副覺得可疑的表情。

「捏人這個舉動本身沒什麼意義，但這是比較不負責的說法，」她開始發表意見。「好比有些人跟你講話時，會突然拍你一下、捏你一下，甚至打你一下，捏人臉頰可能是差不多的意思，純粹是好玩、一時興起的舉動罷了。」

「可是，她號稱要捏兩百個人欸。」

「既然有設定目標，那可能就有宣示主權的意味。」

「咦？你是說，就像狗狗在電線杆撒尿，她是在宣示主權？」

「我寧可說她的做法就像在土地上插旗子。不過，兩百不是小數字，恐怕有強迫症的嫌疑。」

什麼？強迫症？這是什麼症頭？

「從專業角度來看，她這個人搞不好是虐待狂。」

「虐待狂又是什麼？」我呆呆的問。

「被捏臉頰的當下是不是會大叫『好痛』？藉由讓別人痛苦或屈辱，從中獲得快感。」

嗯，聽起來蠻像的。「這種人很多嗎？」

「絕對比你想像中多很多，有些電影就在講虐待狂的故事，還有一些文學作品也在探討性……」她突然停下來。「你問這幹麼？這個話題兒童不宜。你趕快回教室休息！」

「可是，我還沒找到答案……」

「我只能告訴你，」阿姨打斷我的話。「任如萱到處找碴，多多少少會有擦撞傷，可是她從來不曾到保健室求助，可見她是個毅力堅強的人。」

說的也是，我暗自點頭。

放學後，任如萱出了校門沒走右邊的路回家，反而取道左邊的馬路。我一路尾隨跟蹤，最後看見她前往一家寵物店。奇怪的是，她才剛靠近店面，玻璃櫥窗內的貓狗全都起立對她行注目禮。她開門進入後，所有的動物很有默契的齊聲大叫，汪汪汪……喵喵喵……嘎嘎嘎……即便我躲在門外，也聽得一清二楚。我埋伏了十分鐘左右，終於等到她走出大門，沿著來時路往回走。她應該是要回家了吧？我趕緊開門走進寵物店，裡面就像是從荒腔走板的奏鳴曲瞬間切換成祥和的安眠曲，不但變得寂靜無聲，所有動物更是慵懶的或躺或趴，其中有好幾隻還對我猛搖尾巴。

「剛才發生什麼事？」我問店老闆。

「很詭異吧，」老闆苦笑著說：「那個女孩子引發了這些孩子的恐慌。」

孩子？哈，我懂了，老闆將店裡的動物視為自己的孩子。

「你的孩子都這麼敏感？」

老闆朝著籃子走過去，伸手撫摸裡面的一隻黑貓。喵——牠發出滿足的叫聲。

「牠們比人類敏銳很多，」老闆回答：「但是不會像這樣集體恐慌。」

「所以剛才的現象很不正常？」

「那個妹妹變得很反常，」老闆答非所問。「她以前不是這個樣子。」

什麼意思？這話引起我的好奇心。

「她以前來我們店的時候，孩子們都很喜歡她，還會親近她撒嬌。她說很想養隻貓，她知道只要開口，爸媽一定會同意，可是她父母都在上班，而且住小公寓，養寵物一定會帶來麻煩……」

咦，想這麼多，這跟我對她的認知很不一樣。

「可是最近這一兩次她過來，孩子們若不是怕她，不然就是表現出敵意，」他指著櫃檯旁邊站在木架上的鸚鵡。「牠本來都會跟她講話，如今卻對她置之不理。」

我走向那隻鸚鵡，牠有紅色的頭部、黃色的身軀，以及藍色的尾巴，色彩鮮豔真的很漂亮。

「哈囉，你好。」我跟牠打招呼。

「你怎麼不理我？你以前會學我講話啊——」鸚鵡發聲了，沒想到牠的發音還挺標準的。

「牠在模仿那個妹妹剛才講的話。」老闆解釋。

她真的很奇怪，原本人見人愛，現在卻眾叛親離。

「她今天來這裡做什麼？」

「她來問我有沒有賣『虎』。」他一臉納悶的說。

「虎？你是說老虎的虎？」

「或是有沒有賣『狐』。」

「狐？狐狸的狐？」我覺得自己像在鸚鵡學舌。「這種動物你們能賣嗎？」

「只要出得起價錢，而且能夠合法引進，什麼都可以買賣。」

虎？狐？任如萱想養的是貓吧？我愈來愈一頭霧水了。

非哥很晚才回到家。今晚第二次的討論會議很快就結束了。他聽完我的報告，輕聲安慰愁眉苦臉的我。

「表面上看似匪夷所思的難題，其實說穿了根本沒什麼，」他說：「就好比變魔術一樣，最後一定會水落石出的。」

「接下來怎麼辦？」

「明天再接再厲啊。」

他湊近我面前，舉起雙手，突然捏了我的腮幫子。

「好痛！」我氣得推開他，撫摸發疼的臉頰。「你幹麼？」

「臉頰被捏是什麼滋味，你應該親身體驗一下，」他一本正經的說：「這是本案的重點，只要解開這個謎團，真相就不遠了。」

非哥說的對，我應該試著從當事人的角度來思考這個案子。睡前盥洗時，我照著鏡子，雙手放在脖子上。捏太輕沒感覺，捏太用力卻會痛。咦，任如萱應該不是要掐脖子，而是要捏自己的腮幫子。捏與被捏，這是一體兩面的對照關係……還是搞不懂啊，我仍然陷在五里霧中，理不出頭緒來。

我又發現一件事：任如萱下手的目標都是男生，而且體型愈來愈大隻。我真笨，怎麼拖到今天才意識到這一點。

第三節下課時，我從福利社回來途中，無意間瞄到任如萱的身影，她就站在一樓樓梯後方的角落。悄悄走近一瞧，我從水泥柱的縫隙間，看見和她對峙的三個男生都是本校惡霸，尤其中間那個賴克強，身材高大魁梧，據說他家有黑道背景。

「我還在想你會不會來挑戰我，沒想到，你真的來了。」

「還沒達到兩百人的目標，所以任何人我都得試試看。」

「想捏我可沒那麼容易，」他發出嘿嘿嘿的笑聲。「你要怎麼靠近我？我旁邊還有兩個手下哦。」

「你有什麼建議？」

什麼？她是不是瘋了？知難而退不會是不是？換個人捏不就好了？

「你要不要先過來親我一下？然後就可以捏我了。」

「這個建議還不錯，」任如萱連眉毛都沒動一下。「可是有個問題，萬一你喊痛就動手打我，那我可吃不消。」

賴克強歪著頭看她，像在看什麼奇珍異獸。

「好吧，我保證不打你，可是你要當我女朋友。」

「當你女朋友？」

「當我女朋友很容易的，只要陪我吃飯、打電動，一起唱ＫＴＶ就行了。」

「既然要當你女朋友，那我還有一個要求——」

萬萬不可啊，我心裡開始急了。

「讓我看你身上的刺青貼紙。」

「看這個要做什麼？」他露出疑惑的表情。

「聽說你的刺青是萬獸之王，我想知道是獅子還是老虎。」

賴克強的右手放在T恤下襬處，但是遲遲沒有行動。

「我講什麼你都說好，你該不會是在唬弄我吧？」他一臉賊笑。「為了表示誠意，你先付訂金。」

「什麼訂金？」

「你先過來親我，接下來要捏要看隨你便。」

我躲在水泥柱後面偷窺，瞥見任如萱沒有打退堂鼓的意思。這個笨蛋，找死啊，什麼叫做「與虎謀皮」不懂嗎？我在地上抓了一把沙子，閃身跳出去大叫：「老師來了！」

趁大家愣住的當下，我拉著任如萱往外衝，賴克強的兩個小嘍囉隨即追出來。我轉身停步，不自覺的喊出非哥教我的咒語：「**阿布啦卡搭布啦！**」趁敵人呆住之際，往他們臉上扔沙子，然後拉著任如萱狂奔。一路跑到運動場附近，總算脫離險境，確認他們沒有追上來。

「你在幹麼？」她甩開我的手。

「我在幫你啊！你是單純還是愚蠢啊？」

「你這樣做幫不了我，我一定要弄清楚是不是他！」

「你還差兩百多少？我給你捏行不行？幹麼招惹賴克強那種無賴？」

「捏你一點用也沒有，」她冷冰冰的說：「而且快要來不及了。」

說完她掉頭就走，把我晾在一旁。什麼啊？我自討苦吃啊，自願給你捏還不要，我的臉頰摸起來明明很嫩。可惡！

上第四堂課時我餘怒未消，但也納悶那句「快要來不及了」是什麼意思。要捏人還有時間限制的嗎？捏與被捏……加害者與被害者……等一下，有個被害者被我遺漏了……就是葉雲珊，我對這位同學一無所知，應該要調查一下。下課鐘一響，我立刻衝去她生前就讀的六年四班教室，找班長打聽。

「葉雲珊？本來是個害羞內向、成績普普的女生，車禍前半個月，突然變得活潑外向，上體育課時連籃球都卯起來打。」

「會不會是戀愛了？」我提出一種可能性。

「不太可能，沒看過她跟哪個男生走得特別近，」班長又說：「更奇怪的是，她考試成績也變好了，月考排名甚至衝到我前面。」

聽起來是有點怪，任如萓跟警方說葉雲珊情緒緊張而且睡不好，她的口供和班長的說詞互相矛盾。

「我可沒排擠她哦，」班長趕緊聲明。「只是有點看不慣。本來人很文靜，可是突然間嘴裡總是含著東西，上課含，打球也含，雖然沒發出聲音，但是臉頰鼓鼓的，看起來很沒氣質。」

我腦袋裡閃過一個念頭，卻來不及捕捉。

「你知道她嘴裡含什麼？」

「聽說是糖果，」班長翻了白眼。「不怕會蛀牙哦。」

走回教室途中，我一直在思索那稍縱即逝的念頭是什麼，偏偏腦子裡就像有許多碎片湊不起來，愈是絞盡腦汁，那個虛無飄渺的訊息就離我愈遙遠。才剛踏入教室，許澤楷就把我往外拉。

「幹麼？」

「拜託啦，陪我去見一個人。」

「你沒腳是不是？還要別人陪你去？」

「我很怕那個人，需要有人幫我壯膽，」許澤楷以懦弱的口氣說。

「真是的！你真沒用！」

我很不情願的被拉著走，腦袋裡在思索班長講的話，耳邊還有許澤楷喋喋不休的叨唸。突然有人扯住我的另一隻手。我轉身正要開罵，卻發現是護士阿姨。

「我忘了告訴你，」她說：「任如萱問過我什麼是腮腺炎。」

「腮腺炎？那是一種病嗎？」

「這是病毒引起的急性傳染病，發病時，耳下區域的腮腺會浮腫疼痛……」

腦袋裡的碎片開始移動，我太認真思考了，連阿姨何時走掉都沒意識到。許澤楷的叨唸突然傳入我耳裡……

「等一下，你剛說什麼？」

「你到底有沒有在聽啊，」他抱怨道：「我說，他再不給我那個東西，我會焦慮、坐立難安，手還會抖個不停……」

我停住腳步，這時映入眼簾的是學校廚房，後門旁邊蹲著一個男生。

「你怕那個人？」我不屑的說：「他的個子並沒有比我們高多少。」

「他是大人好嗎？」許澤楷說：「他是廚房的員工。」

又往前走了幾步，我聞到一股臭味。

「什麼怪味？」

「是他身上的體味，所以他都自己一個人吃飯。」

那個廚房員工剛好轉頭看我們。

「素你啊，」他說：「有帶錢來嗎？」

「我真的沒有錢，」許澤楷哀求道。

「偶的東西要發錢買的，不素免惠的！」

這個人講話口齒不清。我注意到他臉頰腫腫的……對了，他那種體味就叫做……喀嚓！所有碎片全都就定位，我腦袋裡的拼圖成型了。我想通了！我拉著許澤楷往回走。

「聽清楚了，不許你再過來找他！」

「可是……」

「沒什麼可是不可是，你找他，我就跟你絕交！」

但願他聽得進我的勸告。時間緊迫，必須馬上採取行動，我用學校的公共電話打給非哥。聽完我的報告，他只回了一句話：「可以結案了。今晚舉行驅魔儀式！」

我當下的心情，真是既期待又怕受傷害。

當天晚上，任家三口坐在我們家客廳，每個人臉上皆是忐忑不安。

「感謝各位光臨寒舍。今天我們即將進行清除的儀式，只不過在正式結案前，且讓我先講個故事給你們聽。」

這是非哥一貫的開場白，就是喜歡先講個故事，他相信故事是觸動人心的最佳媒介。

「從前從前有個美麗的女孩，日子過得平凡卻很開心。可是有一天，發生了晴天霹靂的事情，她目睹自己的好友死於意外。警方的調查結果是車禍身亡，可是女孩曉得事有蹊蹺，卻沒有人把她的質疑當真。這個女孩應該是知道一些內幕……」

非哥看著任如萱，像是在鼓勵她發言。

「出車禍那天，我和小珊走在人行道上聊天，她的情緒很不對勁，」任如萱抬起頭，看著非哥說：「小珊說她很怕某個人，可是又不能不去找他……那個人會給她一種吃了精神會變好的糖果，可是一旦不吃，就會緊張又睡不好……」

「為何發生車禍，你心裡有底嗎？」非哥問。

「小珊絕對不是自殺，」任如萱斬釘截鐵的說：「我認為她是精神恍惚，沒注意到綠燈變成紅燈，就往斑馬線一腳踏出去……」

一陣靜默後，她才往下說：「我問小珊那個人是誰，她說不曉得那個人的名字，只知道他得了腮腺炎，還有……發生車禍的當下，我衝到她身邊把她扶起來，當時她氣若游絲的說『他有ㄏㄨˇ……』，這句沒能講完的話，就成了她最後遺言……」

「於是女孩藉由這兩個線索展開調查，她發誓要查出這個人的真面目，」非哥接手繼續講故事。「第一個線索是對方得了腮腺炎，所以她以『挑戰捏兩百人腮幫子』

為藉口，展開看似無厘頭的瘋狂行動。她猜這個人是男的，而且是世華國小的學生，因而執意轉學過來就近調查；起初她是亂槍打鳥，看到臉頰浮腫或不對稱就出手攻擊，後來才改變策略，推測對手可能是體型高大的男生，哪知道其實是身高和小學生差不多的大人……

「第二個線索是『他有ㄏㄨˇ……』這句遺言，女孩不確定是虎還是狐，因此去寵物店打聽有沒有在買賣這兩種動物；另一個揣測是那人身上會不會有虎或狐狸的刺青貼紙，所以她才會試探被自己鎖定的對象。遺憾的是她會錯意了，葉雲珊要說的是『他有狐臭……』

「儘管女孩一再搞錯目標，但她還是想方設法的繼續追查，最後在她鍥而不捨的努力下，終於協助警方逮捕到提供毒品給未成年孩童的藥頭。」

「毒品！」任先生和任太太驚呼出聲。

「以糖果為包裝，其實內餡染毒，」非哥的語氣似乎隱藏著怒氣。「先免費供應，等孩子們上了癮，再逼他們花錢買或用其他方式交易，這時候只能任人宰割了。」

「請君入甕的騙局。」任先生說。

「總之，這是個替冤死的好友主持正義的英勇故事。」非哥做了結語。

任媽媽擁抱著任如萱，任爸爸摸著她的頭髮，這一家人的生活，應該可以回歸平靜了吧。

「任如萱搞出一連串風波，讓父母擔心受怕，儘管她的本意是出於勇氣和伸張正義，但她還是犯了罪，」非哥看著她說：「想憑一己之力來解決難題，你這是犯了傲慢之罪，有必要進行清除罪惡的儀式。」

他以嚴厲的目光掃視眾人。

「在進入清除室之前，我要提醒你們，今天在此的所見所聞，千萬不可外洩，否則要付出巨額的賠償金。」

任家三口一致點頭同意。我想不會有人跟自己的錢包過不去，五百萬的賠償金可不是小數目。此時非哥走到角落的房門前，伸手打開門，自己讓到一旁去。

「各位請進。」

跟著任家三口走進室內時，卻發現非哥已不見人影，我只好把房門關上，請任如萱換上連身白袍，然後指示她往擺在正中央的長方形木床躺下。一個多月不見，這個房間的擺設和我印象中一樣簡樸：長方形的空間裡沒有電燈，較長的兩側牆上有十幾座燭臺，天花板垂下一盞枝形吊燈，上面沒有燈泡只有紅色蠟燭，幾十支蠟燭全都點燃了，空氣中瀰漫著一股詭譎怪誕的氣氛。任如萱在床上躺好，雙手平放身體兩側，其他人都站在床尾。即便知道會看到什麼樣的場景，我的心跳還是不禁加快。在詭異的靜默中，室內另一扇門突然旋開，非哥大步走了進來。他一身黑的筆挺西裝，腳上是亮晶晶的皮鞋，頭上的髮型整齊服貼，肩膀上披著黑色斗篷，和平常的打扮大異其趣。

「任如萱，你有罪，」非哥繞著木床遊走。「你害父母擔心，你大鬧學校搞得自己聲名狼藉。」

他走回床頭時，任如萱的胸口多了兩團黑色圓形物。真沒用，我還是很不爭氣的頭皮發麻、背脊發寒。

「任如萱，這傲慢的罪名，你可知罪？」

非哥厲聲吶喊，低頭彎腰且抓著床沿兩側。

「阿布啦卡搭布啦，嗚哩嘰哇卡古啦……阿布啦卡搭布啦，嗚哩嘰哇卡古啦……」

隨著咒語念出，非哥兩隻手臂各自滑出一條像拳頭那麼粗的灰蛇，並朝著任如萱蠕動前進。或許是早有準備，這一次，我可沒放聲大叫，倒是任家三口也沒發出尖叫聲，他們應該都嚇傻了吧。

「阿布啦卡搭布啦，嗚哩嘰哇卡古啦……阿布啦卡搭布啦，嗚哩嘰哇卡古啦……」

只見兩條灰蛇爬上任如萱的胸口，一齊張嘴各自吞掉她身上的兩團黑物，接著同步往回縮，沿著非哥的手臂後退，最終隱沒於斗篷之中。非哥溫柔的扶著任如萱起身。

「在我們這一行有條戒律：不要為了抓怪物，而讓自己變成怪物，」非哥對任如萱說：「要懂得找人幫忙，如果你找的大人不聽你的，那就是找錯人了。你要繼續找下去，總會找到對的人來幫你。」

她父母默默的點頭。

「目前最重要的，是做回你自己，」非哥真摯的說：「大家都比較喜歡原來的你。」

任如萱哇的一聲哭了。兩行清淚滑過她臉頰，輕盈的落在地上。我彷彿聽見叮咚的清脆聲。我抬頭一看，她真是美呆了，魔女的狠勁已經蕩然無存。

送走客人後，我倒在沙發上，非哥在我旁邊坐下來。

「這次還會覺得恐怖嗎？」

「還好。」

我看著他脖子上那條有SE字樣的項鍊。SE是「Sin Eater」的縮寫，也就是「食罪人」。他繼承了一項非常古老的行業，而我有可能是他的接班人……

「這次的案子你幾乎一個人搞定，看來以後可以獨當一面了。」

「等一下，這個案子我還有個地方沒想通。」

「哪個地方？」

「為何任如萱這麼急？什麼事快來不及了？」

「腮腺炎通常七到十天內會自然消腫，」他笑著說：「懂了吧？萬一沒及時找出這個人，那就沒得找了。」

原來如此，答案居然這麼簡單。

「你驅逐了她的心魔，這樣就算是大功告成？」

他打開電視機，正好在播一則新聞快報。

警方根據民眾舉報，逮捕了以入侵校園為主的販毒集團，並查獲二十四個可疑紙箱，裡面藏放了各式糖果與毒咖啡包。警察局長表示，毒販將毒品包裝成梅錠、果凍、軟糖、跳跳糖、巧克力、仙楂餅等各式零嘴，誘使青少年吃下肚而上癮⋯⋯

「幸好我不愛吃零嘴，」我想了一下。「這次你有找你的駭客朋友幫忙？」

「多謝你沒有逞英雄衝去抓人，而是先撤退再通報我，」非哥說：「我馬上就連絡我的朋友，請他駭入那傢伙的手機，一一查出他的交易網絡，然後將情報交給警方。」

他伸了個懶腰，好像要回房休息了。

「再等一下，」我搶著說：「既然我這次功勞很大，那麼，能否答應我一個要求？」

「說來聽聽。」他打了個呵欠。

「告訴我，**阿布啦卡搭布啦**是什麼意思？」

他朝著我靠過來，輕聲細語的說：「祕——密！」

又是祕密！臭非哥！討厭的非哥！這麼愛賣關子，告訴人家是會怎樣。下次再找我幫忙查案，一定要你付出昂貴的代價！

作者的話

前一陣子，朋友的女兒不知哪根筋不對勁，一見人就伸出雙手捏人家的臉頰，即便對方大聲哀號也不以為意，因而搞得大家對她敬而遠之。我那位朋友就質問她念六年級的女兒說：「你在幹麼？捏別人臉頰有這麼好玩嗎？」那個小六女生卻一本正經的回答：「我才沒那麼無聊，這麼做自有我的理由……」而本篇故事的靈感正是來自於上述事件。

沒錯，凡事不能只看表象，說不定背後隱藏著一言難盡的成因；表面上看似匪夷所思的難題，其實說穿了可能根本毫無懸念。對了，本故事（部分）純屬虛構，如有雷同實屬巧合。希望大家會喜歡這篇小說。

翁裕庭

筆名黃羅，臺北人，右手寫小說、左手寫評論的二刀流，嗜讀推理小說，在出版業從事過行銷、文案、編輯、翻譯、選書、撰寫導讀等多項工作，譯作有十餘本，小說作品有《尋找被詛咒的彩畫》與《尋找傳說中的奇人》（商周），曾經在《科學少年》（遠流）連載短篇故事〈少年一推理事件簿〉，目前因停刊而未完待續；另有《名偵探的推手：推理文壇的百位人生勝利組》與《壞蛋總是撞到我》（Readmoo）等電子書著作。

家貓與野貓

陳又津

「你看到我的鑰匙了嗎？」男人說。
「上次是在冰箱找到的，你要不要去看看？」女人說。
「妳冰箱塞那麼多東西怎麼找？」
「還不是你媽帶一堆東西來，你不吃，又不拒絕她。」
「我上班要來不及了。」
「那就用備份吧。」女人又說：「那是最後一份了。」
這樣的對話時常發生在嚕嚕身邊。
有時是鑰匙，有時是手機、錢包、文件或襪子。
嚕嚕如果不說話，在這個雜亂無章的家中，也很容易被當成堆在旁邊的雜物，任何黑色的東西都會被當做嚕嚕。
男人和女人心情好的時候，會對著地上的外套說：「媽媽（或爸爸）最愛你了。」這還算好的，大多數的時候很難說是稱讚還是取笑，「為什麼黑貓這麼難對焦，不像別的貓那麼可愛呢？」「你好胖好可愛喔——」「好大隻又好笨喔——」
講完才發現那不是嚕嚕。

剛開始，東西不見時，嚕嚕也想幫忙，跟著他們走來走去，但不是被罵擋路礙事，就是被他們踩到尾巴，痛得要命。身為極簡主義者的嚕嚕，始終不明白人類為什麼需要那麼多東西，嚕嚕覺得連身上的紅色項圈都是多餘的，但每次嚕嚕想盡辦法拿下來，還是會被爸爸戴回去。有時候牠摘下來，藏在沙發縫隙，沒人找得到，結果沒幾天就買了新的。不認識的送貨員按門鈴更討厭，嚕嚕只好放棄了。不過那是很多年前的事了，那時候爸爸媽媽的注意力都在牠身上。現在就算牠的飼料吃完了，他們也不知道。

找不到鑰匙的這一天，牠乾脆跳到家中最高的櫃子上方，不擋路，也不會被踩到，就看著爸媽瞎找。但不做事也會挨罵，媽媽會念牠：「養你也沒用，連幫忙都不會，就只會吃飯和睡覺。」

嚕嚕是一隻黑貓。

但家貓不就是這樣嗎？

頂多抓抓老鼠。

有一次牠抓了老鼠，放在客廳茶几下方，自己的寵物床旁邊，媽媽吸地板的時候看到了，嚇得驚叫爸爸來處理。連這種貓界的豐功偉業，都被當做找麻煩。

嚕嚕抓過壁虎、蜘蛛、老鼠、蟑螂、蒼蠅，有翅膀的生物移動速度超快，嚕嚕曾經把死掉的獵物放在門前，滿心歡喜等爸媽起床，他們卻一點都不領情。罵牠晚上幹麼這麼吵，這麼噁心的東西不要放這裡，就把牠的心血丟進垃圾桶了。後來，嚕嚕就把這些東西藏到角落，更後來也就不想抓了。

看來，今天的任務就是找鑰匙。

等爸媽出門了，嚕嚕有十個小時的時間。

但他們出門太匆忙了，忘了留下食物。

昨天吃了一半的罐頭還有剩，就從那邊開始找好了。

嚕嚕一直過著這樣自給自足的生活。

跳上流理臺，用頭撞開冰箱門，一隻手抵住冰箱，要是冰箱關上的話，嚕嚕就死定了，因為冰箱不是設計用來從內往外打開的。嚕嚕用另一隻手把罐頭掃到地上，再把灑到地上的罐頭舔乾淨，反正地上一直都很髒，他們不會發現的。一定要記得關上冰箱門，上次沒關冰箱，裡面的東西都壞了，地上都是水，爸爸和媽媽還大吵一架，質問是誰沒關冰箱。

嚕嚕大喊「是我」、「你們別吵了」，但沒人聽得懂牠的話，兩個人愈吵愈凶。不要什麼都說是因為我。

我不會說你們的語言，但我聽得懂。

你們要吵，我也沒辦法，不要拿我當擋箭牌。

那時嚕嚕第一次希望自己是人類，而不是貓。

但一歲的人類沒辦法離家出走吧。

要等到有意識、有能力、有身分證，才能去工作賺錢，獨立生活。

所以嚕嚕反而慶幸自己是貓，不是人，貓可以比小孩還早獨立，就算失蹤了，也不會被警察抓回去。

冰箱沒罐頭的時候，嚕嚕會撥開二樓的紗窗，出去外面找東西吃，停車場的愛心媽媽下午就會來了。外面的野貓看起來比家貓辛苦多了，但其實吃不多，有時候還有剩的可以分給牠。有時候跟朋友躺在暖洋洋的車頂，一點也不想回家。

「今天要出去玩嗎？」橘子，又名小黃，這種花色的優點是——只有這兩個名字。牠從屋頂繞來紗窗前，問候嚕嚕。

「今天不行，我家爸爸又弄丟鑰匙了。」

「你家門鎖不是三個月前才換過嗎？」

「因為丟了五副，媽媽堅持要換掉，怕有人撿到闖進來。」

「那個男人是不是腦袋有病啊？有病要去醫院檢查啊。」

「但他才三十幾歲，應該不會是老人痴呆吧？」

「很難說喔，現在有早發性失智症。」

如果去醫院發現爸爸有不治之症，媽媽就不會那麼生氣了吧。偶像劇不都是這樣演的嗎？但嚕嚕知道爸爸連感冒都沒空請假，應該是不會做什麼斷層檢查啦。還是找到鑰匙比較實在。

橘子撥開紗窗，進入嚕嚕二樓的公寓內，幫忙找鑰匙。

牠們是在陽臺認識的，那時候嚕嚕在廚房的地上吃飼料，橘子在一樓加蓋的鐵皮晒太陽。嚕嚕每天跟橘子打招呼，但橘子理都不理。

附近的貓都叫牠「特立獨行的橘子」。

橘子以前也是家貓，可是小主人出生後，牠就沒人管了，牠很喜歡小主人，會幫忙帶小孩，讓小孩抓牠的尾巴、拉牠的耳朵都沒關係。可是有愈來愈多人說，小主人氣喘過敏是因為牠的毛，橘子就認命的被送養。但幾次偷偷回家看，小主人氣喘也沒好，根本就不是貓毛的問題，只是老人親戚之間無知的流言，讓牠回不了家。

送養兩年之後，收養的學生情侶分手了，就把牠丟到街上。

橘子跟停車場的貓合不來，比一般的流浪貓更討厭人類，但嚕嚕覺得，牠其實很想回到有人類的家，只是面子下不來。

橘子很酷，會帶獵到的小鳥或老鼠當伴手禮，兩隻貓還擬定捕鼠計畫，讓嚕嚕去邀功。只是結果不如牠們預想，嚕嚕沒得到任何獎勵。橘子只是聳聳肩。有時嚕嚕會想，野貓好像比家貓自由，想去哪就去哪，冒險犯難跟狗對峙的故事也好精采。橘子是嚕嚕的偶像。

牠們一起吃飼料、罐頭，努力打開冰箱，挖出冷凍的海鮮，想像自己在海邊。

但今天兩隻貓不能出去玩，而是打開衣櫃，地毯式的搜索鑰匙，踩遍每一件衣褲口袋和包包分隔袋，外面的盆栽也翻過來，家具的縫隙也不放過。

根據停車場貓的情報網，爸爸昨天下午就離開公司，說是拜訪客戶，其實是做薪水小偷，跟出差的高中同學喝咖啡。晚餐回家叫外賣，順利的進入房子，配正妹直播吃完晚餐，就上床睡覺了。媽媽則是在外面吃了才回家。因此，爸爸的鑰匙一定還在這個房子裡面。

經典的密室消失事件。

爸爸昨天穿過的長褲在客廳地上，前口袋和後口袋沒有任何堅硬的物品，只有不知道是用過還是沒用過的衛生紙，但嚕嚕知道最好要把衛生紙拉出來，不然洗衣服的時候會弄得到處都是。爸媽又會因為這件事吵架。

但衛生紙太容易破了，總是有些衛生紙卡在口袋縫隙，嚕嚕必須伸出爪子才能摳到。他就是不懂，爸爸為什麼要堅持衛生紙用過三次才扔。要節省地球資源的話，用手帕就好啦，也不用搞得家庭失和。

襯衫口袋不可能放得下一把鑰匙，但嚕嚕還是想試試看，廁所裡的洗衣籃太高了，要取出裡面的襯衫，只能撲倒那籃子，再挖出爸爸的襯衫。但媽媽的發熱衣是嚕嚕最喜歡的，腋下發黃的地方永遠是最棒的。

果然，爸爸的格子襯衫口袋，沒有鑰匙，只有不知道何時就在那，已經洗爛僵硬的名片。

嚕嚕搜尋洗衣籃，每一個口袋、每一個縫隙，都沒有鑰匙的身影。

吃完晚餐、洗澡以後，爸爸在客廳沙發躺著看電視、滑手機，媽媽在房間看筆電追劇。電視都是政治辯論節目，放得很大聲，但爸爸只是用手機滑ＦＢ，只要有新的文章就按讚，不知道他的電視究竟看了幾成。

沙發是嫌疑最大的地方，容易藏著各種東西，嚕嚕發現過手機、髮夾、婚戒、識別證、手機線，但現在沙發上面有一堆衣服，有髒的，有乾淨的。

現在必須先把上面的東西清空，再挖出縫隙深處的東西。

吃剩的餅乾屑、上一臺電視的遙控器、布丁湯匙、保險套包裝……乾掉的奶茶珍珠？

想起來了，那是嚕嚕三個月大的時候，第一次來到這個家。
嚕嚕很害怕，從外出籠衝出來的時候打翻了奶茶，但沒有人罵牠。
甚至沒人去清理奶茶。
躲在沙發底下的嚕嚕，看著奶茶慢慢延伸過來。
爸媽只是蹲在下面，疑惑的看著嚕嚕。
那片汙漬現在依然在沙發底下。
因為拖把進不去。
那是嚕嚕最幸福，也是這兩人最開心的一段時間。
剛買這張沙發的時候，爸爸媽媽會窩在一起，嚕嚕就可以在椅背上，安穩的看著他們。有時他們連電視都不看，就在沙發上搖晃逗貓棒，或丟出各種貓玩具，這好像是所有養貓人的共同樂趣。嚕嚕雖然是家貓，但還是覺得追羽毛很幼稚，因為這真的太容易了，貓的動態視力跟人類根本不在同一個量級。但嚕嚕還是會去抓，應付一下人類，他們就會開心了。有的貓老了，膝蓋不行了，但還是會忍痛玩一下，讓身邊的人開心。

漸漸的，沙發舊了髒了，爸爸一直說要換，媽媽覺得還可以用，那沙發舊漸漸從米白色變成淺灰色的。貓砂太髒的時候，嚕嚕就在那上面尿尿。誰叫他們出遠門都不清廁所呢？嚕嚕自己是絕對不會去躺那張沙發的，就如牠前面挖出來的那樣，你可以想像這裡有多髒。貓可是很愛乾淨的。

很遺憾，這裡也找不到鑰匙。

會不會是媽媽拿錯了呢？

這個機率很小，但值得冒險確認一下。

鑽進房間，媽媽昨天和今天用的包包不一樣。

昨天晚上回來，她先是把紅色的名牌小牛皮包放在沙發，等到深夜再洗澡。今天早上出門，換了米色的髒髒帆布包。平常嚕嚕都坐在那上面，當座墊使用，媽媽也一直想丟掉這包包，因為袋口沒拉鍊、沒扣子，幾次掉了東西，都有人送回來。似乎是她高中同學送她的生日禮物，因此留到了現在。

小牛皮包是爸媽去日本度蜜月時，在過季特賣會買的，在臺灣和日本的售價都一樣，只是日幣當臺幣賣這樣。這一年多以來，這包包比帆布包還少出場，因為什麼都不裝的時候，就已經很重了。媽媽背著名貴牛皮包的時候，本來就聳肩的右半邊變得更高了，雖然有很多夾層，但她的用法就跟那個帆布包一樣，全部都堆在一起。這麼好的東西，反而變得像負擔。

包包裡面沒有鑰匙。

挖開拉鍊，發現裡面有很多文件、忘了吃的便利商店麵包、衛生紙、雨傘、化妝包、手機線、空白的離婚協議書。

媽媽要離婚嗎？

那我該怎麼辦呢？

難怪媽媽常常問嚕嚕，要不要跟媽媽一起住？原來是這個意思。嚕嚕一直以為這兩個人只是說說，但最近就連這玩笑都不開了。房子是爸爸買的，到時候媽媽和自己就得搬出去吧？可是媽媽跟她自己的媽媽也處不來，連過年都不會在一起吃飯，講沒兩句就崩潰。

家裡能找的地方都找過了，嚕嚕決定去外面散散步，也許人類自己會找到出路，或者在路上忽然有什麼靈感。

鑰匙在哪呢？

爸爸在公司上班，有掉在公司的紀錄，是大樓管理員幫他收好，隔天問了才拿回來的。這是管理室的貓——鋁皮降生、寒冬十年、情報女王、貓之母，又名咪咪、喵喵——簡稱喵喵，傳來的消息。

爸爸曾在買便當的時候把錢包掉在地上，便當店客人拿到附近派出所，警員通知他取回。

插在家門上這種就不說了，有時候旁邊鄰居會幫他收起來，所以，嚕嚕基本上都不睡地上，萬一有小偷或無聊的人進來，至少牠在冰箱上，比較不會被發現。最糟的情況是被媽媽發現，他們會吵得很凶，吵到要離婚那種。

很多房東不准養寵物。

喵喵在這個停車場出生，在艱難的冬天長大，挨過了好幾場寒流，牠那一窩小貓裡面，只有喵喵和牠的哥哥活下來。牠哥哥是典型的貓王，吃的奶水最多，眼睛最早張開，體格也最健壯，來餵貓的愛媽都很喜歡牠，總是第一個給飼料，給得也特別多。有一天，一個奇怪的男人來了，大家都不敢靠近，哥哥去搜集情報，結果就被那人抓住帶走，從此失蹤沒有消息。

最安全的地方，有時是最危險的。

媽媽哭了很久，看到貓就問哥哥的消息，喵喵也在旁邊打聽，就組織了現在的情報網，只要有貓失蹤、受傷，就能第一時間通報救援，牠就用野草嚼成敷藥，照料這些受傷的貓。最後，反而是牠成為一方之霸。喵喵自己也生了兩胎，是祖母級的角色。周圍的貓有問題、有紛爭都找牠調解。就連貓的幫派械鬥，只要進了這個停亘場，就要暫時休兵講和。

嚕嚕說了鑰匙的事。

喵喵說，很少夫妻會為了鑰匙吵得這麼凶，聽起來不單純只是鑰匙的問題而已。但嚕嚕堅持，只要最後一副備份鑰匙還在，嚕嚕的家就在，牠一定要更努力，保住全家人的幸福。但會不會問題不在鑰匙，真的是嚕嚕本身呢？

「我今天幫嚕嚕挖完大便了。」媽媽說。

「我昨天也有挖。」

「可是，你累積了三天。」

「我工作就很忙啊。星期六才有放假。」

「我也是週末才休假，但我一三五日都會挖。連貓大便都不清，這樣誰敢跟你生小孩？」

「貓又不是我要養的。」

嚕嚕記得爸爸說過這句話。

他比較喜歡狗。

他們養貓，是因為媽媽說貓很獨立，不用出門散步，會自己洗澡、愛乾淨，陌生人經過也不會大聲亂叫。

嚕嚕也真的很獨立。

早早就斷奶了，學會用貓砂、用貓抓板。

但嚕嚕比較喜歡爸爸，因為爸爸常常坐在沙發上，嚕嚕就能窩在他的大腿取暖。

爸爸也會跟嚕嚕說很多心裡的話，那種他不會跟人類說的話，像是有同事離職了，主管有什麼脫序行為，臨時被交辦什麼的。

所以說，我不要在貓砂盆大便就好了吧？

換到沙發，大便。

換到床上，尿尿。

換到衣櫃，埋起來。

這樣貓砂盆就不會有那麼多沾尿的砂。你們也不用吵架了。

但他們永遠會為了嚕嚕爭吵。

或許他們本來就想吵了，只是剛好找到導火線。

結婚不是爸爸要的，工作也不是，根本就沒有的小孩也不是他想要的，他也不想要嚕嚕，那爸爸到底想要什麼呢？嚕嚕不知道，問爸爸他自己可能也不知道。不知道自己要什麼的人比較幸福，這樣就可以說是別人逼他的。

他不用承擔自己錯誤的後果。

大家都說他是老實人。

老實的背後，就是不想思考。

喵喵說，為什麼會有人稱讚「老實」作為正面的特質，甚至是結婚的對象呢？老實其實就是「懶惰」的意思吧。

「身為貓，就算是家貓也一樣，不能相信任何人，一定要獨立，才能在這個世界活下去。」

喵喵對嚕嚕說，事情恐怕不會像牠希望的一樣，請嚕嚕做好準備。這個家，也許不像表面上那麼穩固。

「你在家裡好好的，幹麼出來？」

很多貓看到嚕嚕都這樣問。

路邊的貓頂多只有三公斤，但一隻嚕嚕的體型就等於是兩隻貓。

「他們只是說說，你不用太認真。」

在街頭上流浪的貓啊，最多活個三年，但家貓活個十年、二十年不是問題。

「聽說最近有獵犬有組織的圍捕街貓。」

牠們會圍在車廂底下，以一種訓練有素的方式，咬死貓。

為什麼會有人訓練狗做這樣的事呢？

雖然人直接動手虐貓，也不會讓貓比較好過。

但嚕嚕暫時可以放心，這類的攻擊行為多半在深夜、凌晨，人類也睡了的時候，貓咪雖然還醒著，但因為天氣寒冷，手腳也不靈活，有時就在引擎蓋上面取暖。如果有樹，就盡量睡在高處，那邊狗追不到。最怕的是，有人先餵了食物，隨後就有狗跑來。

不是每隻狗都那麼壞，被主人遺棄的流浪狗更不容易吃飽，又不像貓能自己舔毛，很容易就得了皮膚病。醜醜的狗就更沒人要，那些狗多半都不是餓死，而是因為失望而死的。

「如果你爸媽真的離婚，就來我們這吧。」貓之母，喵喵說。

這裡是眷村改建的停車場，本來讓委託民間業者管理三年，之後再改建大樓。但因為土地利益糾紛，發生過槍擊命案，就無限期繼續做停車場了。

這裡有人類管理員，不必擔心獵犬虐貓集團，還有愛媽定期餵食，算是無憂無慮的了。

「但我還是想找到鑰匙。」

「那也不會改變任何事。」喵喵說。

我相信可以。嚕嚕想這樣說。

但廚房、冰箱、房間、廁所、洗衣籃——能找的，牠跟橘子都找了。鑰匙會消失到哪裡呢？

「用人類的視角找找看。」喵喵說。

從早就壞了的鐵門走進樓梯，反正我這麼黑，被人看見頂多被當成雜物或眼花，碎石子樓梯是我的迷彩偽裝。右邊是鄰居老奶奶住的，前面是我們的家。

人類的視角，距離地面一百六十公分的距離。

用不著那麼遠，就在一百二十公分的地方。

找到了。

會找到的地方，是最不可能的地方。

有鑰匙，就會有鎖。有鎖的地方，就有鑰匙。

但如果鎖上面就插著鑰匙，那鎖就等於不存在。

鑰匙穩穩的插在門上。

昨天下雨，爸爸穿著雨衣、脫下安全帽，因為有水的東西不可以踏進公寓。他從來沒想過事物的順序，總是胡亂堆在門口的鞋櫃。一手拎著自己的晚餐，另一手抱著網購的嚕嚕飼料。所以插在門上的鑰匙就留在那裡。

爸爸是因為我啊！

千萬不能被媽媽發現，鑰匙又插在門上。如果被媽媽知道，保證會大發脾氣，一定會說昨天晚上隨時都可能被闖進來的人殺死。

跳到夠高的地方，然後一口氣把鑰匙拉下來。

鑰匙是金屬做的，咬起來很痛，但一定要拔出來。

嚕嚕覺得牙齒都快掉了。

牙齒會不會從此就缺了角？

嚕嚕叼著鑰匙，下了樓梯，從另一邊的窗戶回家。

接下來還得讓鑰匙被找到。

首先不能是爸爸的錯，也不能是媽媽的錯，只要是我的錯就好了。

必須在爸媽回來以前，布置好犯罪現場。

但是媽媽已經回家了。

怎麼會這樣？

坐在房間的媽媽，低頭寫著什麼東西，沒發現嚕嚕在走動。因為今天是星期五週末嗎？但時針指著四點，果然還是太早了吧？

嚕嚕把鑰匙放在床上，坐上去，肚子傳來冰冰涼涼的觸感，被刀子劃開肚子的話，大概就是這種感覺吧？但嚕嚕的床被丟在客廳角落，必須明顯到大家都看見，所以就拖到門口好了。

媽媽離開化妝桌，以及她正在寫的東西，往嚕嚕的方向走來，摸了摸牠的頭。

「要不要跟我一起整理啊？你看你把家裡弄得這麼亂。」

嚕嚕喵了一聲，但牠不能離開這個地方。牠的計畫是，守著這張床，等到爸媽都回來的時候，在他們眼前亮出這支鑰匙。

「你不來嗎？」

媽媽做事的時候，不喜歡牠搗亂，所以，只要喵就好了。

首先撿起地上的衣服，洗衣機開始轉動。地上的垃圾，包括乾掉的珍珠也被掃起來，房子變得很乾淨。她回到自己的房間，扶起那些倒下的包包，但想了一下，就把它們都丟進垃圾袋，只留下常用的。垃圾車來的時候，她提了兩大袋下去。碗槽的碗盤也清了。

很晚的時候，傳來門鎖轉動的聲音，爸爸回來了。

媽媽坐在沙發上。

嚕嚕也離開了位置，鑰匙終於要現身了。

「你看到門上的鑰匙了嗎？」媽媽說。

「什麼鑰匙？」

「我早上看到鑰匙插在門口。」

「但我是用備份。」

「奇怪，是我眼花了嗎？」

嚕嚕趕緊把床推到兩人前面，那閃閃發亮、冰冰涼涼的鑰匙。

「嚕嚕，你真的很討厭欸！」爸爸雙手抓著嚕嚕的脖子，臉頰磨蹭牠的肚子，一點都沒有討厭的感覺。謎底解開了。嚕嚕就這樣四腳朝天，任由爸爸亂弄。反正備份鑰匙可以回到原位了。

「算了，鑰匙的事不重要。怎樣都一樣。」

媽媽把桌上的離婚協議書往前推。

「我簽好字了。」

「你有別人了嗎？」爸爸問。

「沒有，但我知道你有。我不怪你。」

鑰匙不是找到了嗎？

為什麼媽媽還要生氣呢？

應該說，媽媽現在是不是在生氣，嚕嚕也不是很確定。

不過爸爸也簽字了。

非常和平的場面。比平常大叫大哭更平靜，沒有人流眼淚。

沒有比這更理想的離婚。

只是，接下來嚕嚕要怎麼辦？沒有人問牠的想法，沒有文件需要牠簽名。

過了幾天，媽媽打包好離家的時候，摸著嚕嚕的頭說：「你要永遠記得我喔。」

但嚕嚕不懂，永遠是多久呢？

爸爸開車送媽媽出門，就好像平常旅行一樣，只是這次媽媽沒有回來，也沒有留下任何自己的東西。只有陽臺上幾株植物，但因為那天找鑰匙翻得亂七八糟，根都露出來了，也沒人恢復原狀，那些植物就直接曝晒乾枯。

橘子死了。

忘了是誰說的。

嚕嚕推算回去，那天見面，就是橘子生命的最後一天了。早知道那天不要浪費時間找什麼鑰匙，應該要陪在牠身邊，把家裡東西吃光，或者是看看大海都好。

嚕嚕就算比小型犬大隻，也擊退過紅貴賓，但遇上了中型犬，一定也沒辦法。

嚕嚕來到這個世上，只經歷過兩個夏季、一個秋季、一個冬天、一個春天，卻知道有好多貓離開這世上了。這裡面有又老又病的，有年輕力壯的。有貓在大家環繞下，安詳的在角落逝世，也有貓在被鞭炮驚嚇時，被車子輾過。嚕嚕也討厭過年過節，那時候家裡多了很多陌生人，外面也會突然有光有爆炸，只能躲在沙發底下。這樣一想，外面的貓要躲在哪呢？停車場的貓說，有人會來空地放鞭炮，汽車警報也會跟著一起響，整個晚上都睡不好。隔天又是寒流、愛媽沒來，有些貓就這樣離開了。

我們該相信人類嗎？

但是不相信人類，就只有很少的食物。

城市的貓，有很多要煩惱的事。

嚕嚕這種家貓，沒了食物的壓力，隨時有家可以回去，只會被野貓取笑是很單純的貓。

而且，嚕嚕雖然是公的，但已經結紮了。

沒有發情的機會、沒有生育的能力。

這樣也沒什麼不好的。

媽媽在很遠的地方。

有時候還是會來這裡看牠。

她還是嚕嚕的媽媽，只是不是男人的妻子了。

這兩個人變得更像是朋友。

有各自的伴侶，各自的空窗，有的時候互相陪伴，就跟剛結婚的時候一樣，也有了很接近幸福的感覺。知道誰喝全糖的珍珠奶茶，另一個是三分糖的清茶。但現在珍珠不會掉到地上，地面也沒有汙漬。

他們甚至超越伴侶的關係，理解某處有一塊誰也穿不透的黑暗。

貓咪情報網當然知道她住的地方。

嚕嚕會在媽媽睡覺的時候，走很遠的路去看她，被狗追過，差點被飆過的車碾到，鞭炮讓牠的耳朵暫時失聰了半天。

儘管知道了夜晚走出去的命運，還是要撥開紗窗嗎？

我可能會死吧。

但是沒關係，總比現在好。

嚕嚕可以在窗外看著她打電腦、做事、睡覺，覺得很安心。快天亮的時候，再沿路走回家，反正白天有很長的時間可以睡。

這樣下去，一定沒問題的。

因為貓很獨立。

作者的話

一直想寫篇以黑貓作為偵探的故事。靈感來源是我養的黑貓嚕嚕。每天看牠趴在家中角落睡長長的覺，都在想牠是不是在我沒看見的時候，忙著做些什麼事？

有時人對貓會毫不在意笑鬧「好醜」、「好胖」、「好笨」之類的話，甚至對小孩也會。很多孩子長大以後，跟我說他們小時候被取笑是「蕃薯」、「阿醜」，而大人也不以為意，任由他們被欺負。

就算大家都處得好好的，但環境變動了，小貓和小孩就好像是個皮球，被丟來丟去，好像他們的存在一開始就是個錯誤。但不要急著把責任往自己身上丟，耐心的跟誰聊聊（就算是貓也好），也許可以發現更多從沒想過的線索，解開一直以來的疑惑。

希望黑貓偵探以後還有機會登場，跟大家碰面！

攝影｜史旺基

陳又津

臺北三重人，專職寫作。臺大戲劇碩士、美國佛蒙特藝術中心駐村作家、《印刻文學生活誌》封面人物。曾任職廣告文案、編劇、出版社編輯、記者。二〇一四年出版小說《少女忽必烈》，敘事節奏輕快，二〇一五年出版《準台北人》，探觸個人身世與族群境況，二〇一八年《跨界通訊》挑戰死亡與長照議題，以網路為媒介，鬆動模糊虛構與現實的界線。《新手作家求生指南》描繪在臺灣當代寫作的處境。《我媽的寶就是我》刻劃母女間平凡細緻的情感。

網站—dali1986.wix.com/yuchinchen
Blog—少女忽必烈
FB—陳又津 YuChin Chen
IG—hubilieh

智梟

陳郁如

希洋走在森林裡，天色已暗，她趕著路，四周傳來各種不明的聲音，像蟲叫，又像是野獸。

嘶嘶……

噢嗚嗚……

喳唧唧……喳喳……唧……

希洋加快腳步，想走出森林，忽然「啪」的一聲，有什麼東西落在眼前，她嚇得停下腳步。透過樹枝間撒下的朦朧月光，映照出某個動物的身影。

是一隻貓頭鷹。

這隻貓頭鷹好大，站起來超過希洋膝蓋的高度！牠看著希洋，睜著晶亮銳利的黃眼睛，金黃光芒穿透空氣，從牠的雙眸射進希洋的眼中，像是可以看透她的心思，然後，希洋聽到貓頭鷹對她說話。

「帶著妳的雙羊玉，到故宮找我。呼——呼——」貓頭鷹說，帶著氣音。

「故宮？你住在故宮？」希洋疑惑的問。

「是的，一定要來找我。」說完，牠整個身體變得愈來愈暗，彷彿快消失時，又再度發光，然後變成一塊玉。

希洋驚訝的看著眼前的玉，「你是誰？為什麼要我去找你？」

「我叫智梟。我需要妳的幫忙。」說完，那塊玉在希洋面前轉動起來，愈轉愈快，然後一陣閃光，希洋眼睛一閉，再度睜開眼睛時，她發現自己在房間裡，原來是場夢。

♈

「滯銷？東西賣不出去那個滯銷？」侑銘皺著眉問。這天放學後，兩人約在公園，希洋告訴侑銘這幾天一直重複出現的夢境。

「不是啦，是聰明的貓頭鷹那個智梟。」希洋瞪他一眼，「還有，這不是重點吧？你不覺得，我一連三天做同樣的夢，很不尋常嗎？這隻梟可能真的存在，牠還知道我有雙羊玉耶！」

「我覺得不是那隻貓頭鷹知道妳有雙羊玉，而是妳心裡惦記著牵，一直想著那些靈羊，所以才會出現在夢裡啊！日有所思，夜有所夢。」侑銘理性的幫希洋解夢。

「不是那麼簡單，」希洋堅持的說，撥了撥額前的短髮，「我們應該去故宮一趟。」

「去故宮找貓頭鷹？妳不要傻了！」侑銘翻白眼，對比著他棕色的皮膚，顯得特別誇張。

「故宮裡面當然沒有貓頭鷹，不過，夢裡的貓頭鷹變身成了玉，」希洋想了想，眼睛一亮，「沒錯！我們應該要去找那塊玉。」

「妳記得那塊玉長什麼樣子嗎？」侑銘懷疑的問。

「當然記得，我這幾天都夢到，印象深刻。我先上網找找看吧。」希洋拿出手機，輸入「故宮，玉，貓頭鷹」。

「怎麼樣？」侑銘湊上去看。

「一堆貓頭鷹的照片。」希洋無奈的說，她再度重新輸入「故宮，玉，梟」，也沒有看到她夢中出現的玉。

「看來真的只是夢，故宮沒有這樣的玉。」希洋覺得很洩氣。

「要不要直接上故宮的網站找看看？」侑銘說。他本來想笑她把夢當真，不過看她這麼沮喪，還是幫忙出意見。

「好，我試試。」希洋再次搜尋故宮的官網，點入玉器收藏，仔細的比照圖片。

「就是這個！」希洋瞪大眼睛，沒想到真的找到了！「跟夢裡的一模一樣！」

侑銘看著手機上顯示的照片，「『龍冠鳳紋玉飾』，難怪剛才找不到，竟然被標示為鳳。」

「明明就是梟嘛！」希洋皺著眉頭，不過馬上又興奮的兩眼發光，「我沒去過故宮，也從沒見過這塊玉，可是，這塊玉卻在我的夢中出現，還連續三天！所以絕對不是什麼日有所思，夜有所夢，這隻貓頭鷹一定打算告訴我什麼，我們一定要去故宮一趟！」

希洋一向熱血又積極，剛剛就講了兩次「一定」。相對之下，侑銘比較理智冷靜，他還是覺得整件事有點牽強，不過，他並不介意跟希洋一起去故宮走走。

侑銘聳聳肩，「好啊，我們去看看吧。」

「明天好不好？明天星期六。」希洋問。

「妳不是說，每個星期六早上都要跟哥哥去潛水？」侑銘問。

「他這個週末要排班，所以不能去。」希洋嘟著嘴。「對了，上次問你要不要學潛水，考慮得怎樣？你會潛水的話，我們就可以一起下水，就不用老是等哥哥有空。」

「可是，學潛水很貴……」侑銘頭放低，聲音放低，「而且，我不會游泳……」

「真假？」希洋不敢相信，手長腳長，全身晒得深棕色的侑銘居然不會游泳，她馬上豪氣的說：「沒關係，我教你游泳，我爸可以教你潛水，都不用錢！」

侑銘抬起頭看希洋，「別人聽到我不會游泳，都笑我，妳是第一個沒有嘲笑我的人耶。」

希洋聽了覺得有些心疼，侑銘外表看起來倔強，其實內心很沒安全感。

「不要理那些人！」她用力拍著侑銘的肩膀，「就這麼決定，明天你陪我去故宮，後天我教你游泳。」

對於希洋的積極，侑銘笑了，好看的眼睛閃著光芒，希洋看著他的笑容，那種包容又帶點寵溺的支持，讓她也微笑起來。

兩人決定，第二天一起去故宮。

♈

這天天氣晴朗，侑銘來到希洋家接她時，對望一眼，同時說：「喂！你學我！」然後兩人忍不住大笑，他們沒有事先說好，卻不約而同的穿著淺藍色上衣與黑色長褲。

「妳帶了雙羊玉嗎？」侑銘提醒。

「有！」希洋拍拍口袋，她當然不會忘記。

「走吧！」兩人轉了幾趟車，終於來到故宮。

兩人都是第一次來，雄偉的建築，讓他們忍不住拿出手機猛拍照。買了門票，拿了地圖，走進展示廳。

希洋迫不及待的拿手機照片問工作人員，工作人員熱心的指引他們「龍冠鳳紋玉飾」展示臺的位置。

兩人來到這塊玉的前面，真的見到了實品，心裡有點激動。

「沒錯，夢裡的貓頭鷹就是變身成這塊玉。」希洋低聲的說。

這塊玉不大，呈扁平狀，上面是浮雕，刻出一隻側面站力的梟，彎曲的鳥喙，粗壯的爪子，炯炯有神的大眼，頭頂停著一隻夔龍。希洋有先做一些功課，古玉上常有夔（ㄎㄨㄟˊ）龍的紋飾，夔龍只有一隻腳，張嘴，捲尾，跟一般的龍不同。

侑銘左右看看，壓低聲音，「等那兩個人走掉，妳再拿出雙羊玉，看看會怎樣。」

這裡不是翠玉白菜或是肉形石區，沒有那麼多人，那對情侶一離開，馬上只剩希洋和侑銘兩個。希洋確定短時間內不會有人接近後，拿出口袋的雙羊玉。

她手捧著雙羊玉，小心的靠近「龍冠鳳紋玉飾」，就在雙羊玉快要碰上玻璃時，她感到手心一陣溫暖，就像之前牽要出現那樣，然後一圈朦朧的光圈出現在羊跟梟之間，像是一座光橋，連接雙羊玉跟「龍冠鳳紋玉飾」。光橋的顏色從白色，漸漸轉成乳白色，然後化做淺黃、深黃、淺棕、棕色，最後變成金棕色。

金棕色的光在空中像是被人捏塑一般，慢慢成形，最後出現一隻貓頭鷹。

希洋看得目瞪口呆，要不是之前看過牽也用類似的方式現形，她可能會大聲驚叫出來。

「真的是一隻貓頭鷹！」侑銘低聲驚呼，看來他也看得到。

「我就是智梟。呼——」貓頭鷹看著他們兩個，銳利的黃色光芒從眼眸射出，柔和的照在兩個人身上，「妳是希洋，你是侑銘。」

牠使用通心術跟希洋跟侑銘溝通。那是商朝巫師的一種法力，用的是心意的溝通，不是語言。之前，牵跟羚都用過。

「你知道你身在現代的博物館裡面嗎？你這樣現身會引起騷動的！」侑銘比較冷靜，馬上提到重點。

「呼，我知道我在哪，不用擔心，我有足夠的法力，讓我決定要現身在誰的面前。除了你們倆，別人看不到我。」貓頭鷹說。牠說話的聲音帶著呼呼的氣音，但是語氣威嚴莊重。

「你為什麼出現在我的夢裡？你說需要幫忙，是怎麼回事？」希洋直直的盯著智梟。

「在很久以前的商朝，我住在森林裡，當時，我是一隻孵化不久的幼鳥。有一天晚上，我的雙親外出獵食時，一隻黑蛇摸上樹，準備要吃掉我，正好巫比經過，救了我。巫比看我解人意、有靈性，就開始用巫術訓練我，讓我跟著他祭祀，跟萬物祖先通聲息，將我訓練為巫用靈物，為我取名『智梟』。之後，我的軀體死了，巫比用小刀刻了這塊玉，把我的魂魄留在上面，讓我一直跟在巫比身邊。

「沒想到，那隻黑蛇原來是大巫奎的巫用靈物，大黑蛇當時身受重傷，急需食物，巫比救了我之後，大黑蛇來不及找其他食物就死了。這讓大巫奎的法力受損許多，兩人因此結了怨。

「當時，巫比跟大巫奎同時在王宮替商王工作，大巫奎有一天，找了機會，設計巫比觸怒小王，小王從此將巫比流放異鄉，不准他回王宮。

「我跟著巫比一起出宮，我知道，巫比一向效忠商王，對人民盡心，想為商朝做事，這對他打擊很大。不過他出宮後，慢慢重新振作，繼續在民間，幫助人們。」

智梟看了兩人一眼，往下說：「像是他曾經施法，用小刀刻了妳手上的雙羊玉，讓兩隻靈羊的魂魄可以寄附在玉上，之後幫助他們的四個兄弟相遇，一起去天神那裡。你們的善良幫助了這六隻靈羊，但也破壞了大巫奎的計畫。」

「什麼意思？大巫奎的計畫是什麼？」侑銘問，心裡覺得很不妙。

「萬物有生有死，就算是有強大巫術的大巫奎也是一樣，但是他充滿野心，不甘願身軀衰老死去，他知道，只有黑暗的的巫法才能衝破自然生死界限。所以當他把四隻靈羊的魂魄鎖進兩個酒樽裡時，同時也用巫術讓牠們在酒樽裡蓄養怨氣，等著千年之後，兩尊相遇，有了千年怨念的靈羊會帶來極大的黑暗力量，這力量就會召喚大巫奎的魂魄醒來。讓他重返人間。」智梟呼呼的聲音說。

「可是，䈪跟羒不是順利的化解了怨氣，帶牠們去見天神了嗎？」希洋問。

「是的，但是四隻靈羊相遇的剎那，還是釋放了一些怨氣。那力量不夠讓大巫奎恢復完整的能力，但也足夠讓他甦醒了。」智梟解釋。

希洋跟侑銘點點頭，他們記得靈羊們在日本根津美術館相遇時，那懸浮在空氣中暗紅的光芒，雖然只有幾分鐘，但的確充滿著巨大的怨念。

「那現在怎麼辦？」希洋著急的問。

「你為了制伏大巫奎的力量而現身嗎？大巫奎現在在哪？」侑銘也問。

「我的出現，其實是需要你們的幫忙。」智梟呼呼的說著：「巫比死前，把他另外一部分的力量存放在一把吉金小刀上，我需要你們幫忙找出這把刀來。」

「你是說，那把刻雙羊玉的刀？」希洋反應快，馬上聯想到。䈪給她看的影像中，巫比拿著一把刀子，在上面施法，然後刻出雙羊玉，只是她沒有特別記得那把刀的模樣。

「對，也是刻了這塊梟玉的刀。」智梟說：「巫比一部分的法力在這塊玉上，一部分的法力在那把刀上。這兩個法力結合起來，才能制止大巫奎。」

「那你知道大巫奎在哪裡嗎？」侑銘問。

「呼——我不知道，我感覺不出來，但我知道他正在找機會行動，最近幾天，我玉上的紋路開始變淡，甚至有些紋路已經快要消失了，如果這塊梟玉完全消失了，我的力量也會跟著散去。所以要在那之前找到鈴首彎刀，結合兩邊的力量，才能阻止大巫奎甦醒。」智梟說。

「那把刀在哪？也在故宮裡面嗎？」侑銘四周張望。

「我不確定，所以才需要你們的幫忙。」智梟說：「我的法力有限，無法離開這塊玉，雙羊玉曾經有巫比的法力加持，所以我可以附在雙羊玉上，讓妳帶著我走，我們就可以一起尋找巫比的刀。」

「好，沒問題。」希洋說。

智梟的形影飛了過來，停在希洋的雙羊玉上。

侑銘打開故宮地圖，「這裡有青銅器展間，我們去看看。」

他們一起來到青銅器展間，果然有很多大小、形狀、功能不同的古青銅器。他們睜大眼睛、仔細尋找，不過，智梟沒有找到巫比的刀。

這時，在有四個羊頭裝飾的乳丁紋羊首罍旁，他們看到四件青銅武器狀的東西。

「等等，你們看，從上數下來第三件。」智梟指著「鈴首曲背彎刀」。「這把不是巫比的刀，但是很像。」

兩人仔細看，這把刀並不特別起眼，造型簡單，刀背彎曲，刀柄上有個銅鈴，經過歲月的累積，刀面已經不再光亮平順。

「巫比的刀長得就像這樣，不過刀柄上還要有夔龍的雕刻。」智梟解釋。侑銘拿出手機，照了好幾張相。希洋也努力記住這把刀的樣子。

接著，他們在展場又多繞了幾圈，確定這裡沒有巫比的刀子。

「那現在怎麼辦？」侑銘有點氣餒。

「看來，刀子不在故宮，我們要去別的地方找。」智梟說。

「要從哪找起？刀可能還埋在土裡，可能被誰收藏著，也可能在哪個博物館，範圍太大了！」希洋問。世界這麼大，要找一把商朝的刀子，實在太難了。不過，她忽然想到以前在大海裡尋找哥哥的小刀，那次也是機會渺茫，但就是給她找到了，說不定她就是有這樣的運。想到這，她又熱血起來，暗暗決定，一定要找到巫比的小刀！

「雖然不在這個博物館，但我感覺得到，小刀已經出土很久，而且離我們不遠。呼——」智梟說。

「太好了！一定找得到！」希洋期待的說。侑銘看了她一眼，真不知道她哪來的信心，不過，他知道自己一定會幫她。

♈

去故宮後幾天，希洋依照承諾，到社區游泳池教侑銘游泳，侑銘學得很快，一個星期後，希洋的爸爸先從書本知識開始，帶侑銘進入潛水的世界。這段時間，他們倆也努力上網找資料，先從中國的博物館開始，一一比對圖片，雖然智梟認為小刀距離他們不遠，但是日本、美國、英國的博物館也不放過，在網路上仔細尋找，都沒有新的線索。

這天放學，兩人相約一起到侑銘家，侑銘的外公說好久不見希洋，做了幾道點心要請她來家裡。

「妳帶了雙羊玉嗎？」侑銘一邊走一邊問。本來兩人說好輪流保管雙羊玉，不過最近兩人常見面，這塊玉放在希洋家的時候多些。

「有，」希洋拍拍口袋，「智梟看我們都沒有找到刀子的消息，他覺得我們應該要換個方向找。」

「怎麼找？古董店？個人收藏？」

「有可能。只是不知道怎麼下手。」希洋嘆了口氣。兩人走著走著，侑銘家的雜貨店就在眼前。

就在這時候，傳來一陣吵雜聲，有東西落地聲，有叫罵聲、有腳步聲，然後一名男子從雜貨店倉皇跑出。男子穿著簡單的運動衣，看起來很精壯，神色慌張又無奈，希洋覺得看起來很面熟。

「外公在罵人，奇怪，外公從來不會對客人這麼凶啊！」侑銘很擔心，拉著希洋快步上前。

男子看到侑銘，愣了一下，「你是小侑？」

「你是誰？」侑銘想不到這人認識自己。

「我……」

「小侑！進來！不要跟陌生人說話！」這時候，外公也大吼著衝出來，他拿著掃把，把男子再往外趕，然後拉著侑銘進屋。

侑銘一向聽話，跟著外公往屋內走。男子站在外面看了雜貨店一會兒，轉過頭，往大馬路走去。

「希洋，妳也進屋！」外公喊著。

希洋看了外公一眼，「我馬上回來！」

她追過去，因為，口袋裡的智梟正焦急的用通心術告訴她，這個男子跟巫比的刀子有關！

「先生，先生！」希洋喊著，趕上了他。

男子停下腳步，詫異的看著她，「有什麼事嗎？」

「請問，你認識侑銘嗎？」希洋問。

「你是？」男子盯著她看。

「我叫希洋，我是侑銘的朋友。」希洋自我介紹。

「我……」男子頓了頓，「我叫施義偉，我是侑銘的爸爸。」

難怪希洋覺得眼熟，他長得跟侑銘很像，手長腳長、膚色黝黑，尤其是盯著人看的專注眼神特別神似，原來他們是父子。

以希洋好奇、愛管事的個性，當然問過侑銘他的爸爸在哪？侑銘說，外公曾經說過，爸爸拋棄他們母子，去了國外，所以媽媽才需要那麼努力賺錢。後來侑銘發現外公隱瞞了媽媽過世的消息，他再也不相信爸爸出國這種話，可是，也不知道要去哪找爸爸。

「為什麼侑銘不知道你就是他爸爸？」希洋直接了當的問。

施義偉苦笑了一下，「當年，我跟侑銘的媽媽小凌認識時，她爸爸非常反對我們在一起，因為我是一名刑警，他覺得我的工作太危險了，小凌會吃苦，隨時會有失去丈夫的風險。沒想到，她先過世了。岳父對我很不諒解，認為是我害死了小凌，所以就帶走小侑，不讓我們見面。」

「發生了什麼事？」希洋小心翼翼的問，侑銘曾經無意間聽到媽媽已死的事實，但完全不知道原因。

「十五年前，我在辦一個案子，當時，有人來恐嚇我，警告我不要繼續查下去，不然我的家人會有危險。當刑警常常會接到這種威脅，這是我的工作，我不當一回事。有一天晚上，小凌外出買東西，回家的路上被推進暗巷裡，那人粗暴的警告她，如果我繼續調查，她就會死。當時，她的頭被推撞到牆上，造成急性硬腦膜外出血。送去醫院，醫生動了緊急手術，她也恢復了意識，我以為她會好起來，可是五個月後，她的腦部損傷太嚴重，走了。」施義偉抹抹臉，一臉悲傷，「那之後，小凌的父親更恨我了，他帶走侑銘，四處搬家，讓我找不到，這次，好不容易找來這裡，他還是不肯讓我見侑銘。」

希洋聽了以後很難受，原來真相不像外公說的，侑銘的爸爸沒有惡意遺棄他們母子。

「希洋！過來，不要跟這個人說話，他是騙子，詐騙集團的人，不要相信他！」侑銘的外公氣沖沖的跑出來。

施義偉拉過希洋的手，迅速塞了個東西在她手心，低聲說：「保持聯絡。」他轉過身，馬上離開。希洋感覺到那是一張紙片，趕快塞進口袋。

外公緊張的看著希洋，「那個人跟妳說什麼？」

這時，侑銘也追上來，「外公！」他看著眼前兩個人，氣氛很奇怪。

「不管說什麼，那個人是騙子，不要相信他。」外公氣沖沖的瞪著希洋說。

希洋也回望外公，沒有退縮，她心裡來回拉扯，沒錯，她跟侑銘約好，在外公面前假裝什麼都不知道。但是，這樣真的好嗎？侑銘已經沒有媽媽了，現在爸爸出現了，也要假裝不存在嗎？只是因為外公一廂情願認為這對侑銘比較好？這太不公平了，侑銘沒有理由不能見自己的爸爸。

「你們在說什麼？」侑銘問。

「侑銘，」希洋看著他，「剛剛那個男人說是你爸爸。」

侑銘愣住了，大眼睛充滿疑惑，轉頭看著外公。

「我說過了，他是騙子、騙子！」外公生氣的大吼。

「他叫施義偉，他說沒有拋棄你，一直都在找你。是外公不讓你們見面。」希洋不理會外公的反應，繼續說。

「他是個騙子！他不配當侑銘的爸爸，他害死小凌，不可以再來害侑銘！」外公喊完，才發現自己講了什麼。他摀著嘴巴，驚恐的睜大眼睛。

「外公，」侑銘走過去，抓住外公的手臂，語氣低沉又冷靜，「其實，我早就知道媽媽已經過世了。我們可以不用再假裝了。」

外公身體晃了晃，沒有倒下去，但是臉色蒼白，這麼多年的隱瞞，一直想著要在哪天告訴孫子真話，一直想著要怎樣講才不會讓他太傷心，想不到，現在自己變成那個被隱瞞的人。

「你已經知道了……」外公喃喃的說。

「是的，外公。」侑銘握緊外公的手，「我懂得外公的辛苦和用意，但我也想知道媽媽怎麼死的，我的爸爸去哪了？還有什麼我不知道的？」

外公看了希洋一眼，希洋點點頭，「外公，侑銘不是小孩子了，他應該知道，這才公平。」

「好吧……」外公嘆口氣。

「侑銘，你扶外公回去，我先回家了。」希洋覺得應該讓他們祖孫倆單獨好好談，她晃晃手機，代表保持聯絡，轉頭朝另一個方向離開。

♈

希洋回到家，躺在床上，覺得心裡沉重，但想到侑銘可以跟爸爸相認，又替他覺得開心。

這時候，貓頭鷹忽然出現在她面前。

「智梟！」希洋想起來了，她之所以會追出去，是因為這男人跟巫比的刀子有連結，可是她沒問到跟刀子相關的消息。

「我跟他講話時，你感應到了什麼嗎？那把刀在他身上嗎？」希洋問。

「沒有，刀子不在他身上。」貓頭鷹說，希洋也覺得不像，雖然警察可能會攜帶武器，可是他今天全身便服裝扮，而且也不可能將商朝的青銅刀當武器。

「不過我感覺得到，他跟巫比的刀有關係。」貓頭鷹堅持的說。

希洋想起口袋的那張紙片，她拿出來看，是一張名片，上面寫著施義偉的名字跟電話。她打算明天撥電話，看能不能問出什麼。

她收好名片，想了想，打開電腦，在搜尋引擎上打入「施義偉，商朝青銅刀」。出來的只有各式青銅刀的介紹跟描述。她也沒有很失望，如果施義偉真的有一把祖傳的商朝古物，應該也不會沒事放在網路上宣傳。

這時候，手機響起，希洋一看，是侑銘。

「我剛剛跟外公聊好久。他現在去睡了。」侑銘說。

「外公怎麼說？」

「他承認施義偉是我的爸爸。外公一直認為是爸爸害死媽媽的，不准我跟他見面。妳知道我媽媽怎麼死的嗎？」

「你爸爸告訴我，當時他在辦一個案子，有人威脅恐嚇，還對你媽媽暴力相向，害她頭部受傷，嚴重不治。」希洋說。

「跟外公說的一樣。」侑銘聲音低沉，不過，他又換了個口氣，「你知道嗎？我隨口問外公，當年到底是什麼樣的案子，外公說記得不多，只知道有個富商被發現死在家裡，大家都覺得是自殺，只有我爸爸認為是他殺。」

「喔，這樣啊。」希洋隨意聽聽，沒有很在意。

「外公說，印象中有件事很特別，就是……富商的胸口插了一把刀子，那把刀據說是商朝的青銅古物。有沒有讓妳想到什麼？」侑銘的口氣帶著興奮。

「那一定就是巫比的刀子！當時我從你家追出去，就是因為口袋裡的智梟用通心術告訴我，那個男人和刀子有關，想不到是這樣的關係！」希洋語氣急促，等不及明天跟施義偉聯絡，一定要弄清楚這件事。

「你爸爸離開前給了我一張名片，明天我們一起打電話！」希洋期待的說。

♈

事情比想像的還順利，施義偉很驚訝希洋這麼快跟他聯絡，而且侑銘也願意跟他說話，讓他很開心，馬上約了三人一起在公園見面。

「想不到你願意見我……」施義偉的聲音有點哽咽，「我以為你也會恨我，認為是我害死你媽媽。」

「不會啦……ㄅ……」侑銘的嘴巴張開又隨即合起來，希洋猜他想喊爸，卻又不習慣。

「你現在幾年級？喜歡什麼運動？喜歡吃什麼？平常有什麼嗜好？放學後會去哪……」施義偉可能急於想彌補這十幾年不見、不了解自己孩子的遺憾，熱切的問了許多問題，不過，可能職業是警察的關係，表現出來卻有點像在盤問嫌犯。

「我國三，喜歡跑步，最近開始學游泳，希洋的爸爸教我潛水，我喜歡吃海鮮、臭豆腐……」侑銘覺得彆扭，不過還是很有耐心的一樣樣回答。

兩人從開始的一問一答，慢慢聊到一些對未來的期望、對人生的態度，總算有聊天的感覺。希洋想問關於刀子的事，但她知道這兩個人需要一些時間培養感情。

「對了，爸，我想問你一件事。」侑銘忽然直接又自然的喊出來，大家都有點驚訝，又很感動。

「好，你說！」施義偉忍住激動，溫和的說。

「外公說，十五年前那個富商死在家中案子，聽說胸口插著一把刀，那是一把是商朝的青銅刀，是真的嗎？」侑銘問。

施義偉有點意外，「是的，我們找來古物鑑定專家，的確是商朝的青銅刀。你怎麼會問這個？」

侑銘跟希洋對望一眼，兩人有默契，決定在沒有確定前，先什麼都不講。

「沒有啦，最近學校帶我們認識青銅器，外公提到時，我很感興趣……」侑銘看爸爸表情似乎不太相信，又繼續說：「另外，外公還是很氣你，我是偷偷出來的，如果要讓外公諒解，我們就要找到當時害媽媽受傷的嫌犯，這樣外公才能釋懷，以後我們才能光明正大見面……」

最後一句話似乎打動了施義偉，「唉，這十幾年來，我也努力這麼做，可是都沒有進展。」

「那把刀長什麼樣子？」希洋忍不住問。

「在警察局證物室，一般人不可以進去。不過，我可以給你們看照片。」施義偉拿出手機，打開照片。

「天啊……」希洋驚呼，放在證物袋裡的刀子，雖然短了些，幾乎跟故宮那把「鈴首曲背彎刀」一模一樣。

「有刀柄的近照嗎？」侑銘問。

施義偉找了找，再點開一張照片，兩人湊上去看，果然，刀柄上刻有一隻夔龍，跟「龍冠鳳紋玉飾」上的夔龍一樣。

「就是這把刀。」希洋低聲說。

「爸，我們可以看看這把刀嗎？」侑銘請求。

「不行，證物室不可以隨便進去。」施義偉嚴正的說，「破案之後，這把刀才可以拿出來，還給家屬。」

希洋看得出侑銘爸爸身為型警的責任心，以及做事情的嚴謹態度，看來要到破案之後，才能接近那把刀子。

只是，十五年來都破不了的案，事隔這麼久，破案的機率更是低到接近零了，他們不是警察，不懂辦案，能幫什麼忙？

「外公說，當時死者被判定為自殺，只有你認為是他殺，這是為什麼呢？」侑銘好奇的問。

「那個案件啊……」施義偉陷入回憶，「周萬德是周氏集團的前任負責人，手上有幾億資產，喜愛古物收藏。在家庭宴會後，被發現陳屍家中，胸口插著一把青銅刀。那天的情況，據調查，從下午開始，賓客陸續出現在周家豪宅，晚上八點，周萬德說肚子痛，要上樓吃藥休息，家庭醫生跟看護都證實，周萬德平常早睡，七十八歲的人身體還算健康，但是不免有些小病小痛，定時吃些藥物，沒有大礙。

「周萬德的太太晚上九點半上去看，他喝了她端去的紅棗茶，手上把玩著最近從拍賣會標到的商朝青銅刀，她沒有想太多，讓他繼續休息，晚上十一點，客人差不多都散了，看護上樓要給他睡前藥，敲門沒人回應，門從裡面反鎖打不開，看護很緊張，找人撞門闖進去，看見周萬德胸口插著刀，已經流血過多，死了。因為門是用插銷式門鎖從裡面鎖起來，所有的窗戶也是從內鎖住，第一時間判為自殺。」

「那你為什麼認為是他殺？」侑銘好奇的問。

「首先是動機。」施義偉說：「自殺要有動機。那天才慶祝周萬德小孫女滿週歲，全家都很開心，每個家庭成員都說看不出來他有什麼心情不好的樣子，家醫說他沒有憂鬱症病史，繼任總裁的大兒子也說，最近家族企業經營順利，沒有什麼商業糾紛。」

「指紋呢？」希洋問。

「這就是另一個疑點，現場除了周萬德，沒有其他人的指紋。而且，門鎖上採集到的指紋之一沾有血跡。也就是說，周萬德是被刀刺傷之後才鎖門的。一個計畫自殺的人，選一個家人都在的日子本來就不合理，而且周萬德居然一進房間不先鎖門，直到受傷了才鎖門，這些都是奇怪的點。」

施義偉繼續說：「還有凶器，這把商朝青銅刀是事發前兩個星期才買到的，周太太說周萬德很珍愛，或許因為很喜歡，所以用來結束生命。這聽起來也是很讓人不解，他是一個懂古物的人，願意花大錢買回來珍藏，怎麼願意見它染上血跡，直到現在還躺在警察局證物室十五年不見天日？」

「可惜這些只能當疑點，不能當證據，所以，我主張朝他殺的方向偵查，尤其後續還有人威脅恐嚇我太太，讓我更加懷疑。只是，一直都沒有出現有力的證據，也無法打破密室之謎。」施義偉端看手機上青銅刀的照片，嘆口氣說。

就在這時候，希洋感到智梟用通心術跟她說話，「呼——我從照片上，感應到一些微弱的影像。」

「你看到什麼？」希洋問。

「不是很清楚，我看到……有個年輕男子把刀刺進老人的胸口，他離開後，又有個婦人出現，老人勉強站起來，就這樣。」

「果然不是自殺！」希洋心跳加速，想不到智梟看得到行凶過程，她用通心術再問：「你看得出來，這兩人長什麼樣嗎？」

「影像不明，太模糊了，只知道是年輕男子。年紀大的婦人穿著桃紅色的洋裝。」智梟說。

希洋抬起頭看著施義偉，心裏斟酌再三，決定開口問：「命案那天，周萬德的太太是不是穿了件桃紅色的洋裝？那天的賓客裡面，有沒有一名年輕男子？」

施義偉好奇的看著她，「妳為什麼會這樣猜？」

侑銘也皺著眉頭，「妳怎麼知道的？」

「如果你能證實我的猜測，那我就告訴你原因。」希洋說。

施義偉懷疑的看著希洋，不知道要不要相信，他想了想，「賓客裡面有不少年輕男子，至於周太太穿什麼，我不記得了，不過，我蒐集了一些案發當天的照片，有全家族的合照。我找出來看看。」

希洋趁施義偉低頭找照片時，悄悄拿出雙羊玉在手上，用手指了指，再用手當翅膀拍了拍，侑銘跟她有默契，馬上懂了那是智梟的情報。他瞪大眼睛，臉色沉重。

希洋打算告訴爸爸關於智梟跟刀子的事，侑銘拿不定主意，不知道爸爸會不會相信？今天才跟爸爸相認，可不想馬上就嚇跑他。但如果破案，也就可以早日見到青銅刀，外公也會同意自己跟爸爸相認。

「在這裡。」施義偉將手機放到他們的面前。

兩人湊上去看，典型的全家福，最前面一排小孩坐在地上，再來一排人坐在椅子上，後面還有兩排人。坐在椅子上最中間是一對年長夫妻。

「這是周萬德，旁邊這位就是周太太。」施義偉指著照片說，周太太的確穿著桃紅色洋裝，也是在場女士中，唯一有桃紅色的裝扮。

照片中，至少有四、五個年輕男子在裡面，不知道哪個才是凶手。

「凶手是一名年輕男子。」希洋說。

「妳怎麼知道周太太穿了桃紅色的洋裝。」施義偉瞇起眼睛。

希洋看了侑銘一眼，看侑銘點頭，才拿出雙羊玉。

「爸，你記不記得，媽媽以前有隻玉羊？」侑銘接過雙羊玉，拿給施義偉看。

施義偉點點頭，「記得，她說是傳家寶，以後要留給你，不過只有一隻羊，不是這樣兩隻相連的。」

「爸，這其中一隻，就是媽媽當年的那隻玉羊。」侑銘將跟希洋認識的經過，還有雙羊玉跟智梟的事情一一說出來。

施義偉瞪大眼睛，不敢置信，但一隻玉羊變成兩隻，讓他不知道還能怎麼解釋。

「智梟，」希洋輕輕呼喚，「你願不願意現身，讓侑銘的爸爸看到你？」

此時公園四下無人，三人站得很靠近，侑銘手心捧著雙羊玉在三人之中，這時，從雙羊玉升起一道矇矓珍珠光，這光慢慢變成金棕色，然後一隻金棕光芒的貓頭鷹出現在他們眼前。施義偉驚訝萬分的看著智梟，沒想到，孩子們說的是真的。

「你看見一名男子拿刀刺進周萬德的胸口？」施義偉不愧是有經驗的警察，馬上鎮定心情，開始問話。

「呼——沒錯。」

「是照片上的哪個人？」施義偉問。

「雖然影像不是很清楚，我感覺得出是這家族的人沒錯。我看到男子匆忙離開後，有個穿桃紅色洋裝的女人進來……」

「等等，你說……她自己進來？當時門沒有鎖？」

「沒有，她自行開了門進來。」智梟說：「然後她跟受傷的老人說了一些話，就慌忙離開了。就這樣，我只看到這些。」

施義偉臉色大變，「所以，凶手跟周太太離開後，門才鎖起來。周萬德受傷後，周太太曾經跟他說到話，但這和她對警方說的供詞不一樣，而且她離開現場後，也沒有馬上報警，等到兩個小時後看護報警時，他已經死了。」

「她雖然不是凶手，但一定知道凶手是誰！」希洋說。

「我要再去找她問話。」施義偉抹著臉說。

「可是，有巫術的商朝貓頭鷹的話可以當證詞嗎？」侑銘問。

「當然不行！」施義偉看著他們，「不過，有技巧的問話能夠打破人的心防，說不定可以問出什麼來。等我有消息，再跟你們說。」

♈

這星期天，施義偉帶著兩個孩子，一起去一家養老院。

「我們為什麼來這裡？」希洋好奇的問。

「我試著跟周太太聯絡，可是她的家人說她幾年前堅持搬出去住養老院，不願意受外人打擾，我費了好大的功夫，終於說服她跟我見面，我想，她看到我帶小孩，應該態度會比較緩和，會願意多說點事。」施義偉說。

侑銘看看四周，幾位老先生在打太極拳，兩個老太太在一旁下棋，還有幾個老人家在花園裡澆水，也有人開朗大聲的講話聊天，完全沒有想像中養老院死氣沉沉的刻板印象。

他們來到一個房間，周太太起身迎接，希洋看她裝扮簡單，但是全身散發一股好人家的優雅氣質。

周太太看到不只警察出現，有點驚訝跟好奇。

「施警官，好久不見了，這兩位是？」

「這是我兒子侑銘，跟他的朋友希洋。」施義偉介紹。

「原來是你兒子，你找到他，帶他回家了？」周老太太驚訝的問。

當年，負責案件刑警的太太受到連累過世，孩子也被外公帶走，周太太聽聞這件事，一直掛在心上。

施義偉苦笑，「雖然找到他，可是我岳父還是恨我，認為我沒找到凶手，等於害死小凌，不讓我跟侑銘見面。」

「是啊，我要見爸爸，還要騙外公說是去圖書館念書。」侑銘補充說。

周太太臉色微微一變，她偏過頭，不敢正視他們，「我說過了，我先生是自殺的，沒有什麼凶手。我對小凌莫名受牽連也感到很抱歉，但是真的沒有凶手。」

「所以，那天晚上，妳送紅棗茶上樓時，周先生還活著？」施義偉問。

「是的。」周太太冷靜的回答。

他們知道這是實話，但是活著不代表沒受傷。智梟看見她當時跟受了傷的周先生說話。

「他跟妳說什麼？」

「他說要休息，叫我下去招呼客人。」

「然後呢？」施義偉再問。

周太太站了起來，「這些話我十五年前都講過好多遍了，今天又來問這些，是什麼意思？」她原本優雅的態度，蒙上了一層冰霜。

「因為周先生不能白死，小凌也不能白死。已經十五年了，事實的真相必須浮出水面。」施義偉定定的看著她。

希洋輕輕拉著她的手，扶她再度坐下來。她忍不住開口，「侑銘跟爸爸分開了十五年，父子不能見面，這代價太大了。」

周太太表情堅毅，但是身體微微發抖。

施義偉把聲音放低，語氣溫柔，「他臨死前，還跟妳說了什麼，讓妳放棄救他？讓妳守著祕密十五年？」

周太太身體一震，這些話直直刺進她的胸口，想到先生死前胸口插著刀的畫面，那纏繞十五年的夢魇，現在她感受到巨大的疼痛，當年，他是不是也一樣痛？他的痛已經過了，可是她，痛了十五年。

「我沒有見死不救。」周太太激動的說：「那時候，他已經知道自己傷勢太重，叫救護車也沒用。」

「那為什麼要假裝成自殺？」施義偉看著她。

周太太嘴巴張開，又緊閉。希洋跟侑銘緊張的屏住呼吸。

「把刀刺進你先生胸口的男子，就是你們家族裡的人對不對？」施義偉身體再往前探，問個更深入。

周太太坐在沙發上，眼淚一點一點的流下來，希洋遲疑了一下，站起身，走過去，抱住她的肩膀，周太太終於放聲大哭，哭了好一會兒，才深呼吸，開口說話。

「正斌是家族的長孫，是我們的寄望。」周太太神情落寞，「可是他從小就有問題，愈大愈嚴重，在學校惹出很多事，咆哮老師、毆打同學……我先生認為家族名聲很重要，不願意帶他去醫院檢查，怕外界知道，讓他留在家裡，請老師來家裡上課。宴會當天，正斌因為很多人出現，情緒很不穩定。可是我們都在忙，疏忽了特別照顧他。晚上，我先生上樓休息，拿出剛買的青銅刀把玩。正斌正好上去找他，不知道什麼原因，又發作了，開始說什麼有人跟蹤他，要害他，需要保護自己。正斌一看到青銅刀，就搶過去揮舞，我先生擔心他，伸手去搶，這讓正斌更生氣，兩人扭成一團，他……就把刀刺進了我先生胸口。

「我剛好在事情發生後沒多久端茶上去，我看到時，都嚇死了，我要報警，可是我先生不准，說正斌不是被當成殺人犯，就是精神病患，他的一生都毀了，也會影響家族的名聲。他說反正都要死了，那就當成是自殺。

「我當時真的不知道怎麼辦，他只囑咐我不要碰任何東西，要我快出去，想辦法安撫正彬就好。」

施義偉點點頭，「所以他臨死前，用盡最後的力氣，擦去刀上的指紋，然後將門窗全部反鎖，這樣，就算有任何疑點，密室的證據牢不可破，就不會有人懷疑正斌了。」

「那正斌呢？」侑銘問。

周太太嘆了口長長的氣，「事情發生後，他更不穩定了，常常自言自語，自己打自己的頭，捶自己的胸，我為了保守祕密，誰也沒有提過，我盡量安撫，告訴他爺爺是自殺，要他不要亂講話。沒想到卻讓他更混亂，現實跟謊言搞不清楚。

「後來，施警官對自殺這點有疑慮，想要再深查，正斌受到了驚嚇，就偷偷溜出去跟蹤施太太，他事後跟我說，他只是想嚇嚇警察太太，沒想要害死她。只是憾事又再度發生，我已經無能為力了。半年後，正斌再度崩潰，送進療養院，一直到今天，全家族沒有人知道為什麼他忽然變這麼嚴重，只有我知道，只有我知道啊……」

周太太喃喃的說，語氣有著無限的悲淒。埋藏十五年的祕密，終於說出口，沒有放鬆，也不是解脫，只有複雜的情緒。

侑銘聽到害媽媽的人在療養院住了十五年，心情也很複雜，雖然他不在監獄，但他的心也是被囚禁的，失去自由十五年，侑銘覺得心裡的恨意不再那麼強烈了。

施義偉抹抹臉，情緒也很激動，十五年，終於真相大白了。

「正斌會去坐牢嗎？」周太太抓緊施義偉的手問。

「剩下的，會交由檢方處理，不過妳放心，若是證明正斌有精神疾病，他不會被送到一般監獄。」施義偉說。

♈

這天，施義偉帶著兩個孩子來到警察局，侑銘跟希洋都很興奮，終於結案了，那把鈴首青銅彎刀將要被周太太領回去，施義偉准許他們先帶雙羊玉來，讓刀子上巫比的力量跟龍冠鳳紋玉飾上的力量結合。

施義偉給他們一個安靜的小房間，房間裡只有一張桌子跟兩張椅子。鈴首青銅彎刀就放在桌子上。

他們拿出雙羊玉，白色的光慢慢升起，白光轉成金棕色，然後一隻貓頭鷹出現在眼前。

「呼——終於找到刀子了。」智梟銳利的雙眼看著桌面。

「你能取出裡面的力量嗎？」希洋問。

智梟點點頭，接著張開翅膀，飛向刀子，牠在桌子上面徘徊兩圈，金棕色的光點像雪片，細細碎碎的灑在刀子上，青綠色的刀子沐浴在一片光芒中。

這樣維持了一段時間後，光芒慢慢減弱，然後像是被吸塵器吸去般，剩下的光芒一下子都被刀子吸了進去，刀子回復成原來的樣子。

希洋跟侑銘都瞪大眼睛，不知道這樣是不是完成了，兩人正要開口問智梟，這時，刀子居然微微震動起來。

原本在飛翔的智梟，此時停了下來，站在刀子上，只見刀子開始再度發光，通體金黃，然後一道道的光線以刀子為中心，開始向外射出，像是一條條金黃光芒的彩帶，在空中舞動、纏繞，滿室耀眼金光，非常好看，兩人都看呆了。

這些金色的光線在智梟的頭上匯集，舞動的速度更快，纏繞的動勢更激烈，像是有人用手把這些光線戳捏在一起，最後終於形成一個物像。

希洋跟侑銘仔細看，終於認出來，有個像蛇般的長長身體，身上有鱗片，尾巴卷翹，只有一隻腳，雙眼炯炯有神，嘴巴張開，是一隻夔龍！

夔龍在智梟的上方遊走，讓希洋想到故宮那塊龍冠鳳紋玉。

「你就是巫比的另一個力量嗎？」希洋問。

「是的，巫比的力量現在在我們倆身上了。」夔龍說。他的聲音穩重柔和，讓人信服。智梟也呼呼叫了兩聲，點點頭。

「那麼，我們可以去制止大巫奎了嗎？」侑銘語帶興奮的說。

「呼——大巫奎的力量正在甦醒，但他的行蹤隱密，我們一時還察覺不到他在何方，會以什麼樣的型態出現，但如果他有任何動作，我們一定感應得到。」智梟說。

「現在巫比的力量結合了，大巫奎一定也感應到了，我想，他不會善罷甘休。但只要我們倆的力量在一起，要制伏他就不難。」夔龍說：「暫時，我們就先附在雙羊玉上面，你們不介意吧？」

「當然不會。」希洋跟侑銘異口同聲的說。

♈

侑銘的外公聽了整件事情的經過，覺得不勝唏噓，心中的怨恨也軟化很多，終於不再拒絕侑銘跟爸爸相認。

侑銘覺得不用生活在謊言跟欺騙中，心情也放鬆了。希洋想到剛認識他時，那個憂傷憤怒的男生，現在變得開朗活潑，也替他開心。

「妳覺得大巫奎會附身在什麼東西上？」侑銘問希洋，這天放學，他們一起走路回家。

「不知道耶，」希洋想了想，「我猜是什麼古物上面，像那些羊啊、梟啊，還有巫比的力量，都是在商朝古物上，大巫奎也是商朝人，應該還是會找一樣類似的古物附身吧。」

「我猜也是，有可能又是哪件青銅器或是古玉。」侑銘說。

「你趕快學好潛水，說不定，我們在海裡又找到另一個古物呢！」希洋半認真、半開玩笑的說。

「最好是啦，哪有天天在海裡撈到古物的好運，做夢比較快！」侑銘瞪她。

「喂——」希洋尾音拉很長，「我可是真的做夢找到故宮的貓頭鷹玉呢！」

「哈！說的也是。」侑銘抓抓頭。兩人相視而笑，他們知道，不管將來大巫奎附身在哪，不管發生什麼樣的事，他們都會一起面對。

作者的話

智梟延續上一個短篇〈靈羊〉的故事主軸，兩位主角不變，然後再加入新的角色——侑銘的父親，把這對父子不能相認的原委融入故事中。而藉由著兩個孩子幫忙解開十五年前命案的過程，這對父子也跟外公解開心結。

故事中我同樣取用古物來貫穿整個神祕氣氛。這次我選了「龍冠鳳紋玉飾」還有「鈴首曲背彎刀」，這兩樣古物都是我在兩年前去故宮的時候親自看到，拍到照片的。當時看到時，就覺得這兩件很有故事性，造型不繁複，也不是故宮人氣展品，展示櫃前面很冷清，但是我深深受到吸引，我花了好長時間好好欣賞，我也希望寫了這個故事後，能讓更多人對故宮的文物更有興趣。

陳郁如

作品有「靈羊」「智梟」短篇，「修煉」、「仙靈」系列，《追日逐光》以及《華氏零度》。出生於臺北，現在旅居美國洛杉磯。喜歡寫作、攝影、畫畫、旅行、跳舞、潛水。

神秘的螺旋麵包

郭瀞婷

很不幸的，我的偵探社因為入不敷出，即將被收購。

「不是收購，是賣掉！胡阿布，趕快去洗廁所！」

那是我老媽。她大概不知道收購的定義，其實就是……

「就是人家要把這裡拆掉變成賣火車票的，不是收購，是賣掉！」老媽又糾正我。

好吧，或許我媽說得沒錯，但收購好聽多了，總比被街坊鄰居恥笑「那個胡阿布連一坪大的偵探社都維持不了」來的好聽。

對了，或許你不認識我，不過沒關係！偉大的偵探，通常都很神祕。

「阿布，偉大的偵探都不神祕，福爾摩斯不就很有名？還有那個什麼柯……柯什麼來著的？」

又是我老媽。她真的很愛糾正我。

好吧，或許的確是這樣，但那是因為老媽不知道我和死去的老爸以及祖先們曾經被政府機關雇用，私下偵辦過人類是否還在地球上的案件。這可是一級大祕密，要蓋上蠟印的那種超級奇案啊！可惜老媽一無所知，還以為我每天守著這個像賣報紙大小的空間發呆。

還是忘了要正式介紹自己。

我是胡阿布，一隻紅色的狐狸，職業是偵探，祖宗八代全都是偵探，住在據說人類早已絕種的地球。我們胡家曾破過駭人聽聞的冤案，也破過神祕的奇案，而破過神祕奇案的就是本人在下我。但是，秉持著良心與正確的道德觀，我選擇不公布。公布什麼？喔，很抱歉，我當然不會說出前幾年偵查人類是否還存活在地球的案件。我絕對不會說出結果。雖然真的存在，而且躲藏在某一個地方，但我絕對不會說出來，更不會說出人類現在躲在玉山裡。我絕不會透露他們在哪座山裡！那是我的職業道德！

「阿布！夠了！不要再學人家玩什麼直播，趕快來刷馬桶！」

「媽！刷馬桶不是偵探的工作！」

「你——已——經——不——是——偵——探——了！」

◎

我把鑰匙交給眼前的買主，內心偷偷淌血。

買主是什麼動物我根本沒注意，只看著他手中那把熟悉的破鑰匙，那把曾經被我們胡家祖宗十八代握過的鑰匙。

離開這個一坪大的小店面之前，還是忍不住回過頭，想像老爸在世時，接到案子時的欣喜。

起初，這裡有將近二十坪，但因為生意實在一代比一代清淡，我的曾祖父開始切一半辦公室賣給隔壁的麵包店，接著爺爺又切一半賣給修鞋店，最後爸爸再切三分之一賣給水果攤。到我手中，就只剩下僅夠轉身的空間，連門都沒有，只能從唯一一扇窗口進出。原本屋頂靠一塊薄薄的木板支撐，但幾個月前窗戶居然被鳥大便給卡住，讓我不得不從屋頂上破「頂」而入，不然，有客戶急著找我該怎麼辦？

如果這時候老媽在，她一定拉大嗓門：「阿布，你唯一的客人就是隔壁要你去修馬桶的熊老大！」好險她不在。

後來，這裡就一直沒有天花板。風吹就當作免費冷氣，豔陽高照就當作在海灘晒太陽，打雷就當作欣賞極光。

在此，還得感謝逃到火星的人類。就是因為他們把地球搞到溫室效應，導致現在的地球一年才下一次雨。也就是說，我根本不用擔心雨會臨到我頭上，因為就算下了雨，我也當作洗澡，這樣回家就省了一件事。

買主拿走鑰匙，我悲從中來，連看都不想看他一眼。從二十坪到零坪，我真是愧對祖先。

「胡阿布，祝你好運。」買主說：「這個送你吧！當作禮物。會用得到的，要好好保管。」

我點點頭，接過一個破爛紙袋，裡面不知裝了什麼東西，根本懶得打開。

◎

我媽是個專業接生婆，專門幫各種動物接生。不論胎生、卵生還是卵胎生，從哺乳類到海底動物，她都能勝任，堪稱「世紀接生婆」。她認識這條街上所有的街坊鄰居，橫跨我們家附近十條巷子，只要這附近有呼吸的，統統都是她的熟識。

或者用另一個說法就是——她很吃得開。也因為如此，偵探社被賣掉之後，她自作主張，替我找了右邊第四條巷子第五間公寓的八樓右手邊那一戶的斑大嬸，要合開一家麵包店。重點是，她規定我跟著斑大嬸的遠親——馬師傅學做麵包。

對於從偵探跨越到做麵包，我真的也是服了我媽。不過，以多年來我拒絕她無數次換工作的紀錄，她很清楚我絕不可能乖乖去上班打卡。

堂堂一名偵探，怎麼可能當銀行櫃檯？

堂堂一名偵探，怎麼可能當大樓管理員？

堂堂一名偵探，怎麼可能當麵包師傅？

難道世世代代都是偵探的胡家，就這樣默默葬送在我手裡？

「阿布……」老媽點點我肩膀。

我很想告訴她我正在直播，請她不要干擾，以免不小心變成網紅，但她指著螢幕說：「你根本沒按那個紅點，是在直播什麼？」

咦，好像是。難怪今天都沒人跟我留言互動。其實從來沒人跟我留言互動，而且觀看的人數都在個位數打轉。

「快點，我們跟馬師傅約好在烘培屋，他說都裝修好了，器材也買好，就等你過去跟他學啦！」

她笑得很開心，好像某顆大石頭終於被搬起，整個人都快飛起來。

「烘培屋？不是麵包店嗎？」

「呵呵，呵呵。」

我媽冷笑兩聲，帶點嘲笑。

「拜託你幫幫忙，現在大家都不講麵包店了啦！講烘培屋感覺比較高級，OK？」

我跟著她穿過大街、越過小巷，一路上跟我不認識但她認識的路人打了不少招呼，才看到那間所謂的「烘培屋」。

我看著招牌，心裡出現世界末日的慌張。

「媽，這家烘培店的名字叫做……叫做……米……」

「米田井！」她很得意，「我取的！怎麼樣，很有質感吧？米田井烘培屋，吼唷，我就一直覺得米田井這個名字經常在哪裡看過，很熟悉，而且聽起來很像日本的品牌，你不覺得嗎？本來我的想法是要叫瑪麗亞，但被別人用了。沒關係，歹就補！我們走日式，不走歐式，跟別家區分開來最讚！嘿嘿。」

天啊，要我在一家幾乎跟「米田共」看起來差不多的麵包店工作，簡直是身為名偵探的莫大恥辱。

「媽，有個大消息要告訴妳！」我對她微笑，「我突然很想到銀行做櫃檯！」

「那個職缺早就沒了。」

「那大廈管理員！我很想做，超想的，拜託！」

我幾乎快跪下來，但她沒打算理我，直接把我推進店裡，向一位年邁的麵包師傅鞠躬。

「阿馬師，這我兒子胡阿布啦！」

不知道是不是因為阿馬師是匹馬的原因，年邁的他，臉看起來特別長，兩道白眉長到離腮幫子不到三公分。

阿馬師點點頭，指向掛在牆壁上的白色制服，又指向洗手臺，意思就是要我洗手準備工作。這四周圍的擺設的確帶有日式風格，簡約中暗藏高雅和協調，老媽這次真的花了不少心思和本錢。

原本想開溜，但一轉頭，就看到老媽那雙泛淚的眼睛。

那是欣慰、是期待，還有水晶晶的淚光。

「阿布啊，你好好做，阿馬師是數一數二的糕點師傅，有什麼藍帶還是黑帶之類的，要尊敬人家，懂嗎？」

她拍掉我肩上的頭皮屑，隨手調整領子，我把所有的不爽都吞回喉嚨。

感覺很像幼兒園第一天上課，她拿出手帕擦擦眼睛，轉身離開。而我呢？

照理說，身後的阿馬師應該會像幼兒園老師一樣，來個溫暖的大擁抱，或者親切的說：「來，小朋友，一起到教室跟其他小朋友一起玩好嗎？」

我想太多了。阿馬師轉身就揉起麵包，指著隔壁的麵團，要我跟著做。

這是第一天。

第二天也是一樣，揉麵團。

第三天也是。

第四天、第五天、第六天也是。

為什麼我當初不去當管理員？最起碼還可以滑手機、跟居民打屁聊天、聽個音樂看個影片……

而在米田井，阿馬師除了「嗯」、「不對」、「重來」、「好」、「趕快」以外，講過最多的就是三個字——用力揉。

為了讓我們合作愉快，我很努力在一旁唱獨角戲炒熱氣氛，講到天荒地老，口水都快乾了；從娛樂新聞到政壇風雲又講到體壇快訊，但阿馬師無動於衷，整個人活像在深山裡跟潛意識講話的老和尚。

他的牆壁掛著一臺小螢幕，永遠只播天氣預報。

後來，我乾脆也把手機掛在我面前的牆壁上，來個公開直播，他居然也沒意見，我也就直接跟所有觀眾（依舊個位數）介紹這位麵包界……噢不，烘培界響噹噹的藍帶黑帶外加彩帶高手。

驚奇的事，接二連三從開張以來不斷發生。

首先，開張第一個禮拜，人潮洶湧到幾乎像去排演唱會的門票。

我把一切功勞堆在自己頭上。

「阿馬師，看吧！我的直播有效，哈哈！」

阿馬師聳聳肩，好像覺得這是預料中的事，只回答我兩個字：趕快。

他將揉好的麵包放在烤盤上，準備放進烤箱。我一看，只有螺旋麵包？

OK，這個螺旋麵包我已經做了N遍，而且除了螺旋麵包，他也沒再教我做其他的麵包，我正想抱怨一番。

「阿馬師，我們這裡是烘培屋，好歹也多點花樣吧？」我指著店內其他的菠蘿麵包、可頌、花生夾心麵包，但他不為所動，一臉淡定指向店裡擺設螺旋麵包的位置。

我一看，架上只有螺旋麵包一搶而空。

不但如此，他拿出螺旋麵包的那一刻，群眾一人一條直接購入，快到像反射動作。至於菠蘿麵包、可頌、花生夾心麵包，乏人問津。

有這麼好吃嗎？我忍不住偷拿一塊送進嘴裡，以為會是天下第一包，結果牙齒痛到不行。

「這麼硬！」我大叫。

旁邊剛好站著一位大嬸，對我的舉動感到新鮮。

「少年耶，你就是阿馬師的徒弟喔？你很幸運喔！」

她頭上有三戳大髮捲。

說老實話，這幾個禮拜以來面對寡言的阿馬師，我悶到幾乎要對鍋子講話，所以這位大嬸的主動抬槓令我瞬間熱淚盈眶。為了讓對話持續燃燒，回應需要得體幽默。

「哈哈，也有可能是他很幸運喔！」這是一句保證會有下聯的俏皮抬槓話。意思就是：趕快繼續跟我抬槓，謝謝。

果然，大嬸笑到門牙全露，「哈哈哈，你很幽默哦，對啦，阿馬師就是需要像你這樣的徒弟啦，不然，每天做螺旋麵包也是無聊！吼，你真的幸運。」

又是我幸運。

「對了，這位大嬸，為什麼大家都買螺旋麵包啊？」

「為什麼？啊就一定要買啊。你真的很幸運，當他的徒弟。」大嬸的雙眼大到眼白裡的血絲都看得見，一副我的問題就是多餘。

「你很幸運喔，當阿馬師的徒弟不容易耶，再見。你超幸運的！」

呃，她那一句「你很幸運」會不會用得太頻繁了？

她一離開，我茅塞頓開，主動跟下一位客人聊天。

「阿伯，你精神很好喔。」

老人家最愛聊天，這句話肯定打通了他閒聊的任督二脈。

「這螺旋麵包一定要買，但又做得不好吃，真是的。」

呃，這引起我的注意。

「阿伯，那你為什麼一定要買這個呢？還有別的啊，像菠蘿麵包，還有……」

他抬頭看了我幾秒。

「你是阿馬師的什麼人嗎？」

「噢，我是他的新徒弟。」最起碼剛剛那位「跳針N遍捲毛大嬸」這麼認為。

「你們這裡排隊的動線很奇怪，可能需要那種一根一根的紅線跟柱子。」

「噢……」我看看周圍，的確可以改進，「好，我們會考慮。阿伯，你剛剛說……為什麼一定要買螺旋麵包啊？」

「對了」，他回答：「跟阿馬師說一聲，可不可以裡面加一點巧克力還是奶油之類的？」

「喔，好，我會告訴他。阿伯，你剛剛說螺旋麵包一定要買……」

「還有告訴他，等太久我會放棄。」

說完買完，阿伯走出店門。

這位阿伯，功夫高到完全沒有回答我任何一個問題。

剛才遇到「跳針N遍捲毛大嬸」，現在又碰上「上聯不對下聯鬼扯爺」，看來這裡臥虎藏龍，抬槓功夫個個了得。

下一位又是個奇葩。

「你看我後面數來第十三位，她把所有買來的螺旋麵包放進冷凍庫，所以她買了二十個冰箱。」

真假？

「還有，以前這裡是一家美容院，後來莫名其妙被賣掉了。聽說……」她湊近我，「只花了一點錢，幾乎是跳樓大減價。」

眼前這位「無中生有八卦女」又講了五、六件事不關己的小道消息，直到後面客人刻意傳來咳嗽聲才結束。

我必須說，這裡原來有眾多深藏不露的閒聊高手，在下阿布真是大開眼界。這些人反覆出現在店裡，而且陸續有江湖新手，每一個都摩拳擦掌準備與我過招。

當然，跳針N遍捲毛大嬸依舊重複「你很幸運耶」。

上聯不對下聯鬼扯爺依舊每天轉移話題，永遠沒正面回答我的問題。

無中生有八卦女也每天無中生有道出這裡的五四三。

但武林總是長江後浪推前浪，後來又出現了不少厲害的閒聊高手。

還有很愛評論政治的「批評口水政治狂」。

錢包總是一堆折價券，而且每次都想要優惠的「精打細算折扣王」。

也有什麼都在一旁附和，什麼都「對、對、對」的「左右迎合笑臉怪」。

最神奇的還有一位專攻插隊，從不被人發現的「插隊不眨眼藍眼女」。

而今日最新出江湖的新手，是一名白髮及腰的老頭。他不時在看手中iphone，連跟我說話都不需抬頭，被我封為「白髮低頭iPhone老」。

聽完我的武林分析，老媽忍住笑意。

「叫你去學做麵包，啊結果你在那裡幫客人取綽號！」她夾一口菜，咬一咬，「但每個人都買螺旋麵包，真的有夠怪。」

「就是啊！而且硬邦邦超難吃，這肯定有什麼天大的原因。搞不好是阿馬師拿這個來壓榨平民老百姓，天啊，他該不會是地下錢莊還是角頭……」

「不可能啦！他遠親是我熟識，斑太太為人正直，家世清白……不然，你明天拿一個回來，我吃吃看。」

「不可能。」

「你怎麼這樣！拿一個回來很難嗎？」

「不是啦媽，螺旋麵包一出爐就被搶光，根本無從下手。」

老媽想了想，決定明天到米田井親自解惑。

◎

米田井烘培屋一日店員——胡媽媽，也就是我胡阿布的母親大人。

以往我是麵包小師傅兼店員又兼客服和公關經理（我自己封的），但今天老媽發揮她熱心助人的精神，讓店裡多了許多笑聲，也令我輕鬆不少。到了下班時間，我竟然偷偷希望老媽明天可以繼續來當第二日店員，甚至第三日、第四日，直到永遠。

她把錢都算清楚，放進信封又鎖進錢櫃，四周都擦過一遍，再跟阿馬師道別。

阿馬師在後頭揉麵團，食指、拇指不停的輪流仔細觸摸，好像在找什麼珍貴的小細菌。

「阿馬師，感恩你呀！阿布說在這裡學到很多，他很開心看到螺旋麵包大熱賣喔！」

老媽繼續碎碎念，走到廚房後頭的廁所，說是要好好幫我們清理。

趁她不在場，我決定要抓緊機會追問到底。如果他真的是地下錢莊的大頭目，那我胡阿布怎麼可以不抓緊機會破大案？那一坪大的小辦公室，搞不好又有機會弄回來，說不定還可以擴充，像顆雪球滾啊滾的……變成辦公樓，接下來進駐101……

愈想愈得意，我像隻螃蟹一樣，橫走到他面前。

「我說阿馬師啊，螺旋麵包這個點子不錯！」我湊近他耳邊，「但是無辜老百姓硬得買下這些難吃的螺旋麵包，我說你也好歹加個巧克力或奶油在裡面吧！」

反正「上聯不對下聯鬼扯爺」也這麼建議，乾脆順水推舟。

沒想到，阿馬師突然撐大雙眼，一連串劈哩啪啦講個不停。

「阿布，看來，你知道不少，那麼，你應該清楚這對我們來說，是十年一次最期待的事……」

阿馬師突然氣勢蓬勃，鼻孔幾乎快要噴出火，加上他炯炯有神的眼珠子，我感到一陣不安。尤其他從來沒說過這麼多話，也從來沒這麼正經嚴肅的看著我。

「阿馬師！」老媽跑出來，「你們廁所塞住了啦，我看要修理會很久。不然明天請阿布幫你看看，他很會修馬桶。阿布，我們先回家吧，明天早點來修馬桶，走！」

她抓住我的手腕奔出門，上演世界末日的逃命戲碼。

一路上，老媽沒說什麼，無論我怎麼問她都沒吭聲，一個勁的狂奔。回到家關上門，「碰！」一聲，我驚覺這是第一次看到老媽如此慌張。

「我我我……那個那個廁所……」

「廁所……很髒？」

「不是啦不是啦！」她上氣不接下氣。

「啊！有米田共！」

「米田共……是……？」

我真不知道要不要打破砂鍋，讓老媽懊惱自己取的店名。不過，現在有更驚慌的急事要處理，況且一次接收兩個震驚的消息，會有內傷。

「沒事，媽，深呼吸，深呼吸……妳到底在廁所看到什麼？」

「呼呼呼……我在廁所打掃的時候，用抹布擦地板，結果地板突然彈起一塊門！我往下看，哇……是另一個大房間，裡面還傳出好多聲音，感覺好像有好多動物在裡面聊天。而且我跟你說，全都是店裡那些客人！」

天啊，天啊，天啊！我胡阿布拿回偵探社的第一步，就此展開！

看來這裡真的是地下錢莊，阿馬師，你果然深藏不露，在下甘拜下風。但我胡阿布也不是省油的燈，這種雕蟲小技，在我面前絕對無所遁形。

我拿著錄音筆走來走去，記錄所有的線索和來龍去脈，趁機請老媽一併加入。說不定哪天她對偵探業感興趣，可以成為我的好搭檔，像福爾摩斯身邊的花生。

「是華生，阿布。」

「咦，媽，妳怎麼知道華生？」

「拜託，我嫁給什麼人啊？你老爸也是偵探耶！我好歹得看看漫畫什麼之類的補個習，不然，跟他哪有話題聊？」

我點點頭，不得不對老媽閃出一股敬意。

按下錄音筆，開始錄音。

「米田井烘培屋的阿馬師，每天大部分時間都花在揉麵團做螺旋麵包，平常不愛說話，只看天氣預報。每個客人都排隊買螺旋麵包，也有客人說這是一定要買的。老媽昨晚不小心瞄到廁所有一個祕密通道，而且裡頭全都是來麵包店的客人。但為什麼一定要買螺旋麵包呢？這當中似乎隱藏著一個大祕密，我的猜測是地下錢莊！但是……總覺得我們忽略了眼前的大線索……應該就在眼前，是什麼呢？」

老媽側身，對準錄音筆，「啊這有聲音嗎？Testing Testing……喂喂喂，啊這樣是有在錄嗎？」
「有啦，媽，妳要講什麼？」
「喂，你怎麼都沒發現，所有的客人都是同一種的，哪有巧成這樣的啦！」
我歪著頭，不懂。
「他們全都是馬啊，你沒發現？」
沒有。
天啊，我的花生。

◎

老媽講得沒錯。仔細回想起來，來這裡的客人真的全部都是馬。
有斑馬、驢子、騾子、阿拉伯馬、純種馬、矮腳馬、蒙古馬……還有一堆人類配種出的馬種。
「為什麼身為名偵探，我竟沒發覺米田井的客人全都是馬？」我對準直播鏡頭，

「只能說，身為地球公民，我一視同仁，絕不會將任何一名動物用標籤做記號，也絕不會因為他們的種類而有異樣眼光！他們就是地球的一分子，各自有自己的個性、嗜好和看法，就跟我們狐狸一樣，我看到的是他們善良又可愛的特質，不是黑與白，不是馬或羊，是活生生的好公民！」

「阿布，你在幹麼啊？」是無中生有八卦女。

一旦注意所有的顧客都是馬，我開始歸類。無中生有八卦女應該是屬於騾子，也就是人類從前將馬和驢配種出來的。

「我聽說阿馬師今天沒來，他昨天看起來挺累的，好像通宵追劇一樣，我了解那種感覺。」

她把螺旋麵包放到櫃檯上結帳。

「話說你那個直播是在講什麼啊？哪一臺，我好歹關注一下，我跟你說，常來這裡的那個頭髮綁辮子的那一位，你記得嗎？她也玩直播喔！講的都是她化妝品的東西，我覺得真浪費時間，不過……」

「請問一下，你們聚會都在講些什麼？」我直接的問。

「還不都一樣，都在討論……藏在哪一個螺旋麵包裡。」

藏在螺旋麵包？

「噢，還有到底什麼時候會下雨。阿馬師說要相信他的手感，麵粉已經有點溼氣了，肯定會下雨。但是上次我去參觀氣象局，他們說今年不會下雨，而且我還在那裡碰到我國中同學，他現在在賣保險耶……」

後面的話全被我思緒蓋住。原來阿馬師之所以一直揉麵粉，是為了探測天氣；而他一天到晚只看天氣預報，也是為了知道何時下雨。

為什麼下雨這麼重要？

螺旋麵包裡藏著什麼東西？

正想到起勁，店門突然門鈴叮叮噹噹響起，有客人進來。我和無中生有八卦女停頓幾秒，看著這位生面孔緩緩走近。他黑色帽T遮了將近八成的臉，但可以確定他是一匹馬。白色的馬。

他慢動作拿起架子上的螺旋麵包，一個個觀賞，一個個放回原處，好像在做產品抽查。

「歡、歡迎光臨，請問，有什麼可以幫忙的？螺旋麵包買……買十送一。」

他沒說話，繼續「檢查」螺旋麵包。我原本寄望無中生有八卦女發揮她的才華，哈啦一番，打破這位奇怪白馬的行徑，結果她竟然嘴巴半開，什麼話都沒說。

我敲敲她的手臂，「妳認識他嗎？」

她搖搖頭，靦腆的微笑：「感覺是個帥哥，是白馬王子。」

白馬王子緩緩走到我面前，手上空空如也。

「阿布，我們又見面了。」

「又見面？我們……見過喔？不好意思，我大眾臉，可能你認錯了，哈哈。」

「我不會認錯的。還有，你看了我上次給你的紙袋嗎？」他嘴巴露出微笑，「到時候見。」

神祕白馬王子像一陣風，說完就走。

停擺了五秒，我才從恍神回到現實：他是偵探社的買主！

我請無中生有八卦女幫我顧店，飛奔回家，找出交屋當天收到的紙袋。

是一個硬邦邦的白色螺旋麵包。

◎

OK，其實不是螺旋麵包，因為材質明顯不是麵粉。形狀跟螺旋麵包一模一樣，又比螺旋麵包長了五公分，感覺很像牙齒骨頭之類的東西，也很像珍珠。

我忍不住對著這個螺旋骨頭發起呆。

它白的發亮，某個角度會發出彩虹般的絢麗。它表面光滑，紋路線條極為細緻，卻沒有呆板的間距，而是由上到下、由左到右皆渾然天成。

我拿出錄音筆。

「結論：它絕不是出自手工，也不是來自模子。機器和手工製的東西不可能達到如此細緻，如此不規則卻又迷人的境界。我推測它來自大自然或者……動物？可能是牙齒，但誰會有這麼大的螺旋狀牙齒呢？」

突然有某種不好的預感飄過心頭。

「不會是恐龍吧？」

世界上沒有動物看過恐龍。起碼，這個世代所有的動物都沒看過。大家之所以知道恐龍，完全是透過人類留下的書籍，而且我們還挺慶幸恐龍已經絕種，最好也不要再回來，慢走不送，永遠不見。

千萬不要是恐龍、千萬不要是恐龍、拜託拜託……

我抬起螺旋骨頭，發現裡面塞著一張紙。一打開，是一張鍍金的門票。

「恭喜你！在眾多螺旋麵包中，它選擇了你。歡迎你拿著這張門票與我們見面！我們將帶你參觀傳說中的彩虹世界，並欣賞你從未見過的珍奇異獸。」

門票的後面有時間地點。基本上寫了跟沒寫是一樣的。

時間：下雨過後

地點：彩虹之地

第一、我終於明白為什麼阿馬師和其他馬客人這麼期待下雨——因為彩虹。只有下雨過後，才會有彩虹。

第二、不是恐龍（好險）。老媽的觀察沒錯，這些全部都是馬，也就是說……這個螺旋骨頭跟馬有絕對的關係！

第三、所有的馬都想要抽到這張門票，為了去彩虹世界，他們瘋狂的買螺旋麵包。人類遺留一本名作《巧克力冒險工廠》，只要抽到門票，就能參觀巧克力工廠。大概是差不多的概念。

一想到這裡，我全身發燙，雙腳發抖……該不會我跟巧克力冒險工廠的主角一樣，不小心繼承了巧克力工廠吧？噢不對，是繼承彩虹世界吧！不然，他們幹麼要給我這張門票？

我急著找老媽，告訴她打包行李準備跟著我到彩虹世界吃香喝辣，順便把我直播必要的儀器搬來，再帶上老爸的照片，因為胡家第十二代子孫胡阿布即將統領彩虹世界，直播轟動全世界！

只不過，我沒找到老媽，只看到她留下一張字條。

現在大家都在流行留紙條或門票之類的嗎？奇怪了。

阿布，我後來想想，還不如直接問斑太太更快？但我必須留下字條，如果我被滅口，請你報警。然後，我的銀行密碼是一六八八，鞋箱裡藏了一萬多塊，還有別忘了關掉電鍋，把衣服從洗衣機拿出來晒，馬桶趕快修。

愛你的老媽

突然間晴天霹靂，頭昏腦脹，烏雲密布，溼氣瀰漫。

後來發現這不是我的內心戲，而是真的烏雲密布，外頭下起雨了！阿馬師果然是正確的，在這個乾旱之地，一個一年至只下一次雨的地球，今天就是「晴時多雲偶陣雨」的那一天。

老媽，我待會兒再去找妳，現在，我得趕快拿著這張金色門票，加緊腳步踏上彩虹之地。

問題是，彩虹之地在哪裡啊？

無論如何，到米田井絕對不會有錯，可以問問八卦女。

偏偏店裡一個馬影都沒有，阿馬師不在，八卦女也消失，我猜想他們肯定一看到雨，全都趕往彩虹之地集合。啊，對了！老媽說她看到廁所有個祕密通道，搞不好跟彩虹之地有關。

我快步前往廁所撬開門，一屁股往洞裡跳，屁股直落地。

抬頭一看，這間牆壁全都是玻璃，外頭是平坦的草原和空地，似乎刻意讓空間可以看到外頭一景一物，也讓太陽能直射，算是視野不錯的好設計。

除了玻璃牆，這裡擠滿了人，全都瞪著我看，好像我是闖入空門的不速之客。

後來有人大叫：「他有金色門票！」接著驚嘆聲不斷，群眾竊竊私語。

我看到無中生有八卦女、跳針N遍捲毛大嬸、上聯不對下聯鬼扯爺、批評口水政治狂、精打細算折扣王、左右迎合笑臉怪、插隊不眨眼藍眼女、白髮低頭iPhone老，以及所有熟悉的面孔……全都是那些每天到店裡報到、排隊、買螺旋麵包的客人。

當然，還有阿馬師。

阿馬師瞇著眼，走到我面前想搶走門票，卻被批評口水政治狂制止。

「喂，阿馬師，這門票既然在阿布手上，就是他的。你這麼搶走，有失召集人的身分喔！」

阿馬師兩道長長的白眉隨著怒氣飄動，看來很激動。

「我沒有要拿走門票，只是，這張門票應該屬於我們馬類，而不是一隻毫無關係的紅狐狸。」

「喂喂喂，阿馬師，」我感到不平，「你這麼說就有失公平了！我也是地球的一分子，怎麼會跟你們毫無關係？我壓根從沒有把你們與我分成不同世界的人，要不是我老媽發現店內的客人全都是馬，我才沒注意呢！」

一說完，有幾個熟悉的客人對著我點頭，以示贊同。

「少年耶，」跳針N遍捲毛大嬸對著我微笑，「你很幸運喔！」

外頭的雨停了。一道太陽從窗戶照射到屋內，剛好瞥在我和阿馬師中間。所有的動物開始騷動起來，就連白髮低頭iphone老都放下iphone，指著外頭大叫：「彩虹！是彩虹！」

我跟著大家擠到窗口，看見一道深厚的彩虹，活生生從天空的另一邊落在眼前的空地中。除了彩虹，還出現一匹馬。會飛的馬。

白馬。是白馬王子。是有翅膀的白馬王子加上螺旋麵包。

解答公式應該是這樣的：

白馬＋翅膀＋彩虹＋螺旋麵包＝獨角獸

◎

白馬王子，噢不對，是獨角獸白馬王子，載著我奔馳於彩虹之上，感覺很像在做夢。

我捏捏自己的腿，確定這是真的。畢竟被一隻獨角獸帶到彩虹上，實在很像在做夢，而且是白日夢。我在顫抖之中懊惱為何沒帶上我的直播器材，痛失我成為網紅偵探的難得契機。

一落地，眼前所有的顏色都與地球不同，是說不出來的顏色，還有讓眼睛感到舒適的閃爍小星光，一點一點撒滿路上。這裡沒有高樓大廈，沒有噪音，只有大自然的水流聲和風吹草動聲。

「哇！那是……那是……」我指著前方的動物，找不到貼切的形容詞。

「鳳凰。」

「還有在草裡飛的是……是……」

「精靈。」

「然後在天上那些是……」

「小火龍。」

「海裡有……有……」

「美人魚。但他們不是人類，是一種地球沒有的生物。」

「OK，白馬王子，請問為什麼是我？」

我突如其來的問題讓他愣了一下。

「為什麼不是你？」

「可是，我不是馬啊！」

「誰說一定要馬才能來這裡？」

我突然覺得在跟「上聯不對下聯鬼扯爺」講話，永遠沒收到直接的答案。

獨角獸似乎早就準備好要說明一切。

「阿布，我們彩虹世界一直都存在，也希望地球的生物能有機會來參觀。但我們也親眼看到人類把地球汙染的如此悲慘，所以決定——十年選出一位來自地球的生物到此參觀。」

「那為什麼大家都以為要買螺旋麵包才會抽中門票？」

獨角獸搖搖頭，頗為無奈。

「地球上的馬是我們變種後的後裔，他們發明了螺旋麵包來紀念我們，因為那跟我們頭上的角很像。他們期待我們降臨地球，好令他們成為地球上最受到尊敬的動物……」他苦笑，「這幾十年來，我們的確也因為憐憫，把門票放進螺旋麵包中，但是……」

他頭往上揚，看著鳳凰自由的飛翔，沉浸在思緒中。

我好像知道他要說什麼。

「但是你們擔心……他們將你們當作偶像，擔心他們只顧著到彩虹世界，然後就忘了在地球好好過日子。」

獨角獸的眼中秀出驚訝，眼光泛淚，緩緩嘆氣。

「你知道我們為什麼會選擇你嗎？」

我搖搖頭。

「我們知道你接過人類的案子。」他對著我微笑，「你選擇不破案，讓人類留在地球，因為你知道那是對的。」

現在，換我眼眶泛淚。

我終於被認同了。雖然是一隻活在另一個世界的獨角獸，但被肯定的感覺會形成一股強大的力量，讓我再度有勇氣做正確的選擇。

也因為這樣，我答應獨角獸另一件事：不說出我在彩虹世界裡看到的一切。回到地球後，這些珍奇異獸將永遠活在內心，與世無爭。

「可是……十年前來過的動物、二十年前來過的動物、幾十多年前來過的動物，他們也同意嗎？」

獨角獸嘴角發出微妙的笑容，欲言又止。他看看其他獨角獸奔放在草原，望著飛翔的鳳凰，似乎正在醞釀一道震撼性頗強的課題。

「阿布，擁有門票的動物除了來參觀，也有另一項選擇。你可以決定永遠留在這裡，跟我們一樣成為珍奇異獸。根據你的種類，你將會蛻變成一隻火狐狸。」

他指向草原的另一頭，有一群全身發出火光的狐狸，每一隻的身形優美，是我胡阿布到健身房一輩子都無法達成的體格。

我突然懂了。他之所以露出微妙的笑容，是因為……

「十年前抽到門票的就是你！」

他點點頭，很滿意我的機智。OK，是我很滿意自己的機智。

我就說嘛！這就跟巧克力冒險工廠一樣，怎麼可能只來參觀，不給點嚇嚇叫的大禮物？

我捲起袖子，對他鞠躬。

「很謝謝你的邀請，但是我還是回去好了。」

獨角獸有點驚訝，但理解度百分之百。

「為了你媽媽。」

「嗯。」我點頭，「但我答應你，不把這裡的任何事情告訴任何動物。」

在送我回去以前，獨角獸給了我一把鑰匙。

是賣掉偵探社的鑰匙！

「原本以為你會留下來，所以才買下你那間偵探社，讓你無後顧之憂。現在還給你吧！還有，」他說：「別忘了繼續直播，我都有在看。」

天啊，原來個位數裡的其中一位，就是獨角獸。

◎

一聽到偵探社回到我們手裡，老媽放下了一百顆心。

「後來斑太太跟我說，她那個遠親阿馬師迷上什麼奇幻小說，所以一天到晚以為自己會變成一隻獨角獸！吼，真是的，好險我們把偵探社拿回來，也把投資米田井的錢要回來，不然，我真的要拿掃把跟畚斗去阿馬師那裡靜坐抗議了。」

我吃光桌上的菜，放下筷子，決定告訴她這個大消息。雖然我忍了很久，憋著很悶，但事情這麼大條，怎麼可能一直都不跟她說？我們家是如此開明，關係如此透明，要隱瞞很困難，要藏起來令我不安。

就是今天，就是現在。

老媽是個開明的職業婦女，聽完後她會試著理解的。

「媽，我要跟妳說一件事。妳要相信我，這是真的。」

她也放下筷子。

「什麼事，幹麼突然這麼嚴肅。」

我深呼吸，拚了。

「媽，米田井跟米田共只差一個字。米田共就是『糞』的意思。」

幾秒鐘後，她的大笑聲伴隨手足舞蹈歡呼聲，在客廳環繞。

看來，她覺得這個店名很適合阿馬師。

作者的話

自封為名偵探的狐狸胡阿布，這次因為生意落寞而被迫關門大吉！但有才華的人，總會在灰暗中變身為小燈塔，照亮大家看不到的小線索。在麵包店打工的他，每天看著麵包，內心依舊不停調侃著排隊買麵包的人群。心裡就算不是滋味，還是忍不住使出搞笑個性，試著讓日子愉快些。

這次在想胡阿布第二集的故事時，心裡就在想：當一個人進入人生落寞不如意時期，到底要用什麼心態來面對呢？如果換作是自我感覺良好的胡阿布，是否也能夠秉持著打不破的樂觀精神，總相信自己有一天絕對能偵破世紀大案，成為光宗耀祖的胡家希望？於是我決定用阿布的方式，帶領讀者共同來面對他的苦境。或許，幽默感和無可救藥的樂觀與自信，就是度過人生不如意時期的最大線索。

郭瀞婷（Tina）

出版過兒童繪本、圖文書和青少年文字小說，近期作品有「丁小飛校園日記」系列、《暗號偵探社》以及《記憶邊境：河川、火林、烏雲光》。目前從事知名兒童電視劇編劇，也持續寫出幽默、感人的好故事。

靈貓兄弟

寵物先生

「阿達，你一定要幫我找到百鼻……」

我端詳眼前的女性，她握拳的雙手略微顫抖，下垂的眼角透露著擔憂，全身散發出「因為心愛的baby走失而手足無措」的氣息。她今天身著一襲粉紅色洋裝，剪裁與衣料一看就知道價格不菲，看來如傳聞所言，是個容易慌亂的千金大小姐。

「請從頭說起，伊莉莎白。」

對方蹙起眉頭。

「我叫汪韻涵。」

無所謂，**玫瑰換個名字還是一樣芬芳**——這是麥克爾引自《羅密歐與茱麗葉》的名言。

我伸手示意對方繼續，另一手壓低帽沿。打從進入「韋穆咖啡」時，我就觀察是否有容易形成暗處的角落，無奈最適合的位置已被占走，因此，我盡量使半邊面容隱匿在帽子底下，這和在教堂告解類似，委託人看不見臉，話較容易說出口。

「百鼻，百鼻不見了……」

傷腦筋，看來她不知道「從頭說起」的意思。我啜了一口玻璃杯中的琥珀色液體，試圖穩定情緒，不知是否受到我的影響，對方也喝了一口桌上的黑咖啡。

我決定主動開口，一問一答中，終於拼湊出事情全貌。

百鼻不是人類，是一隻剛滿三歲的果子狸，之所以取名「百鼻」跟baby無關，而是從果子狸的另一名稱「白鼻心」而來。百鼻去年二月來到大小姐的家，當時很不適應環境，經常抓破、咬傷家人的手，經過一年多的相處，已漸漸融入，變得溫馴許多。

印象中，果子狸是保育類動物，雖然對她取得的方式有疑問，姑且不深究。

昨天星期日傍晚，百鼻被放出門外透氣時，一時疏忽忘了繫項圈，便逃過大家的眼目從院子裡溜走，等眾人意識到時，這個靈巧的小動物早已不知到外頭哪裡。雖然全家動員（其實也只有四人）搜尋，小百鼻仍在午夜十二點宣告失蹤。

「這是百鼻，很好認的……」

大小姐取出一張照片，上頭映出有著花棕色毛皮，大小介於老鼠與迷你犬之間的動物，鼻尖突出得有點像豬，四周長有黑白相間的鬍鬚，不過最大的特徵，還是從鼻尖到後頭部，以及自兩耳下方至肩膀處的白色斑紋。但其他果子狸不也長這樣？我倒希望她至少在這小東西身上綁個緞帶，那樣會更好認。

我收下照片，詢問失蹤前是否有異狀。對方的聲音開始抽抽噎噎。

「我也不知道，只覺得百鼻最近吃得少，動得卻很勤，偶爾還會磨蹭地板，發出噗噗的噴氣聲……牠是不是想回森林，不想住在我們家？但牠那麼怕生，我怕出去無法適應野外環境，怎麼辦……」

她說到此處，淚水已在眼眶打轉，彷彿即將滑落臉頰，我急忙將手帕遞過去，**紳士的手帕是淑女的稻草**——這也是麥克爾經常掛在嘴邊的話。

我看向手錶，已是晚上八點，雖說偵探是夜晚的動物，今日就先養精蓄銳。於是我打斷眼前的淚人兒，表明接案意願，最後進入酬勞的話題。

「我、我願意花費一切找尋百鼻！就算要這個也沒關係……」

對方即將取下腕上的手鐲，我立刻伸手制止。

「一包北海道干貝軟糖，大包的，破案後支付。」

她露出難以置信的神情。「阿達……」

「我叫麥奇。」

我迅速起身，頭也不回的走向店門口，留下兀自發愣的大小姐。我刻意放慢腳步，不知背影是否已烙印在對方眼底。

櫃檯前，大穆招牌的光頭映入眼簾。

「要一起付嗎，帥哥？」

我在口袋中掂了掂，美式咖啡五十，烏龍茶三十，還夠。八枚十元硬幣落在結帳盤上，兩撇八字鬍下的薄唇露出笑容。

「多謝啊，小弟弟。對了，明天開始我要出國三天，店裡公休。」

我揮手示意了解，雖然沒了臨時事務所，好歹也接了案子，偵探社不至於停擺。

乘著大風，我走在暗夜的杭桐村，腦中想著該如何找出那隻小東西。時序已進入春季，但山間的空氣仍叫人發抖，我不禁拉起大衣衣領，幸好「韋穆咖啡」與我那稱之為「家」的建築同在村的北側，十分鐘即可到達。

剛打開門，一位板著臉孔的女人出現在眼前。

「去哪裡了？」

「去小傑家做功課。」

「做完了嗎？給我檢查。」

我從口袋取出作業本，攤開寫有數學題的一頁，女人端詳片刻，不時翻頁確認，最後露出滿意的表情——作業當然是我寫的，只是早在放學前就寫好了。

女人嘆了口氣，似乎仍不願放過我。

「受不了，你要出門怎麼不說一聲？要是發生意外怎麼辦？你才十一歲耶，出事了，我怎麼對得起天上的姊姊和姊夫……」

女人——我稱之為「阿姨」的人物——開始喋喋不休起來，我低下頭，內心默數六百秒，這種時候，展現誠懇認錯的態度方為上策。

數到「五八三」時，女人丟下一句「算了，我還有事要忙」便轉身進入房間。

重獲自由的我步上二樓樓梯，打開盡頭的門。未點燈前，門外的光線打在床旁的牆上，映出一張頭戴牛仔帽，滿是鬍渣的人像海報，月光從窗外透入，在海報的半邊臉龐投下陰影。上方隱約可見一行英文，不用開燈我也知道寫的是「Michael，the hard-boiled detective（酷探麥克爾）」。

名為都市的荒野，展現孤獨自我的一匹狼。

在第一百三十七回的案件中，為了拯救瀕臨死線的好友，被炸彈波及而身亡。

我凝視那張臉良久，內心泛起一陣漣漪。

鈴聲響起不久，一張方臉湊了過來。

「欸，昨晚如何？委託人說了什麼？」

我取出百鼻的照片，在對方眼前晃了晃。

「搞什麼，是果子狸啊，我還以為有錢人會養更新奇的動物咧。」

方臉將照片接過，轉身回到座位，取出智慧型手機背向這兒。

這裡是我們稱作「教室」的地方，眼前的人叫DJ，是校內的廣播站兼包打聽，他有著異常的資訊焦慮，舉凡沒聽過的知識，都會上網搜尋，但因為經常在課堂上使用手機，經常被老師沒收並叫去辦公室，最近倒是比較收斂些。

昨晚第一樁生意，就是這傢伙的傑作。最初我只是在閒聊中提起也想當偵探，向麥克爾看齊，沒想到一星期後，DJ拿一張「宣傳卡」給我。上頭印著「偵探社，偵探麥奇（阿達）為您解決大小疑難雜症，請洽××××」，下方還有英文翻譯。

偵探社名稱尚未決定，聯絡方式是他的手機號碼，看來這位仁兄不僅擅自幫我開業，還以經紀人自居。

也罷，麥克爾說過：偵探沒有案件便無法生存。我便接受DJ的好意。順帶一提，小卡括號裡的字在我強硬要求下，他才勉強拿掉。

DJ在手機上擺弄一陣後，將螢幕朝向我。

「找到了！去年一月的新聞。」

我盯著上頭以「保育類動物大洗牌」開頭的文字，上頭說明行政院農委會已公告修正保育類野生動物名單，其中臺灣獼猴、山羌、白鼻心等都被調整為「一般類」。大小姐說白鼻是去年二月來到家中，就這篇新聞的發布日期，還算符合規定。

聽我說完昨日與委託人的對話，DJ不住低頭沉思，不久鐘聲響起，他回到座位上，繼續操作手機。

或許是這樁案件觸發他的知識天線，他在上課時變得比以往都大膽，不時穿過座位底下將手機遞給我，接過來一瞧，多是果子狸的生活習性、捕食型態等資料，例如「果子狸有明顯的『集糞性』，會將糞便集中排放在潮溼的角落」之類的。

當我懷疑這些資訊對案件有何幫助時，一段文字攫住我的視線：「雄性果子狸每年發情期為三月至八月，在此期間均處於性慾衝動的狀態。雌狸性腺發育較雄狸晚二十至三十天，發情期間食量減少、體重減輕，黃昏至白晝之間的夜晚活動頻繁，會到處走動、頻尿，並發出長而深的『噗、噗』噴鼻聲……」

我望向ＤＪ，他的嘴角上揚露出詭異笑容，還發出響亮的「咯咯」笑。

糟了。

「麥家達、狄傑，你們在做什麼？」講臺傳來怒吼：「去走廊罰站！」

晚上九點，我躡手躡腳從家中溜出來。

二樓房間有個小陽臺，連接通往後門的室外梯，後門有大鎖，但我某天從女人的房間摸出鑰匙另打一把，這扇門對我而言便來去自如。

腰間掛著皮製槍套，我揣著裡頭的克拉克，這是麥克爾的愛用型號，要找到完全同款的實在困難，這把是託ＤＪ上網找尋，花了不少錢才買下。麥克爾用槍的信條：**板機扣下的一刻，你就得肩負起對方的人生。**我銘記在心。

夜間的風比昨晚更強，我縮起身子往森林的方向走去。根據ＤＪ的情報，大小姐家的院子小徑，與後山延伸出的一片樹林交會。

「你知道嗎？杭桐村從幾十年前開始，一直有發現野生動物的消息，來源都是那片樹林，反過來說，一隻發情的動物要找對象，往樹林去也較容易找到。那裡很隱密，八成被大小姐一家人忽略了。」

沒多久，見到一片等間隔種植，人勉強可進入的林子。我取出母親遺留給我，一支門號已停話的舊式手機，它的基本功能如手電筒、相機都還能用，因此，我一直帶在身旁。

就著光線，我朝森林內部前進，黑暗中容易迷失方位，太過深入便出不來。

在我思考何時該打退堂鼓時，一道黑影霎時橫過眼前。

我立刻將手機的鏡頭燈照向黑影消失處，只見一團毛茸茸的東西在草叢間竄動，以大小來看，很可能是走失的百鼻。在牠竄出草叢的一刻，我藉著光源看清全貌，那是一隻毛色為黃褐色，鼻頭黑得像狗，背部有數條棕黑色條紋，宛如貂的動物。

被光照射的一刻，牠朝我的方向看來，兩顆烏黑的瞳仁頗為深邃。

看來不是，與果子狸完全不同。

原以為會速速逃竄而去，奇特的是牠竟背向我，就這麼站在那裡。我往前一步，牠也往前跳，偶爾緩緩步行，彷彿配合我的步伐前進。此刻，我的鼻尖察覺有股獨特的氣味，多嗅幾下，像是帶點腥味的花香。

或許受到氣味吸引，我開始尾隨著牠。起初我仍開著燈光，後來發現沒這必要，因為前方設有照明。牠全身沐浴在路燈下，我不禁拿起手機，拍下牠的背影。

一道鐵網左右蔓延著，擋住前方去路。我環顧四周，突然想起這是什麼地方。

此刻，位於視線一角的牠突然一個竄動，自我眼底消失，隨後出現在鐵網另一側深處，逐漸隱沒在黑暗中，我上前細瞧，鐵網下破了個洞，大小恰好容牠通過。

網的另一邊深處，隱約可見一整排常綠灌木，枝枒上頭結有一串串狀似櫻桃的紅色果實。大穆的招牌光頭浮現腦海，這裡是大穆的咖啡園，據說他栽種的是國外帶回的特殊品種，生長期較晚，今年又延後收成，好幾株到三月才開始採收。

「你在這裡做什麼？」

一瞬間，我以為被園主發現了——今天出國的他當然不可能回來，我繃緊神經，取出槍套裡的克拉克迅速轉身。

「喂喂喂，驚死人喔……」

眼前的男人舉起雙手，做出言不由衷的表情與聲音，蹲下身盯著這裡看。

「唉呀呀，這BB槍做得真像，被槍口指著還真不舒服。」

我詢問來者何人。

「我嗎？我是這個單位的。」

他掏出一張名片——這時我才發現他提著一個大型手電筒。

接過名片，上頭寫著「○○縣特有生物保育中心助理研究員　林赫威」。我原本也打算遞出名片（其實是宣傳卡），探索口袋才想起，DJ並沒有給我業務用的份。

不過，保育中心的人在這裡做什麼？

像是看出我的疑問，對方開口：「我來找civet。」

「西維？」

「就是靈貓，麝香貓。」男人蹲下身，問道：「小弟弟，你喝咖啡嗎？」

眼前又浮現大穆的光頭，我以點頭代替回答。

「那你知不知道，世界上最好喝的咖啡，是用貓屎做的？」

貓……屎？

像是對我的表情變化很得意，對方停頓數秒才繼續說：「但不是一般的貓，而是麝香貓的大便。」語畢他望著遠方：「我要尋找的，就是麝香貓。」

「貓屎咖啡是真的。」

DJ交抱雙臂說。不同以往，他沒有拿手機查，就給了肯定的回答。

「我爸去過印尼，他說那裡到處都有賣，一定是集中飼養並大量餵食的。」

據他父親所言，貓屎咖啡的起源是麝香貓會吃咖啡果實，經腸道排泄而出的咖啡豆，會帶有除去酸味的酵素，讓咖啡更順口。原本產量很少，但商人發現可以藉此賺錢，於是有愈來愈多的麝香貓被關在籠子裡，每天餵食咖啡果實，形成惡劣的生活環境與營養不良的飲食。

「我爸說，這是虐待動物。」

我點頭，保育中心來的男人也這麼說。

「可是，他為什麼要找麝香貓？」

我一五一十道出後續發展。

男人提到貓屎咖啡，又說自己才不喝那種咖啡，來到這裡是聽聞有野生麝香貓現身，但這裡太接近人類的勢力範圍，易危害麝香貓安全，因此得將牠帶回山林。他每提到一個名詞或動詞，手腳就開始擺動輔助說明，我想起麥克爾一個叫哈威（Harvey）的跑腿，說話也是這樣搭配豐富的肢體動作。

男人將話題轉到我身上，問我出現在那裡的目的。

我取出百鼻的照片。

「這小可愛走失啦？真巧……牠也是『靈貓』呢，白鼻心和麝香貓一樣，都是靈貓科的喔。」

他問成果如何，我搖頭，說出到咖啡園為止的經過，雖沒有找到目標，倒是發現其他東西，接著出示我不久前拍的動物照。方才聽男人描述時我就有種預感，只是想確定一下。

「哦哦哦！這不就是麝香貓嗎？」

男人興奮的手舞足蹈——我決定直接叫他哈威。對方聽了，露出啼笑皆非的表情，低喃道：「竟然看過八〇年代的美國影集……」看來他也知曉麥克爾的名號。

哈威擺出討好的笑容。

「那這樣，來打個商量吧！靈貓是夜行性動物，既然我們都要找靈貓，之後可以一起行動，比較安全。你說好不好，麥克爾……不，麥奇大偵探？」

說完，他將右手掌斜舉齊眉，作出敬禮的姿勢。

「所以你和他『結盟』了？」DJ瞪大雙眼。

才不是什麼結盟，畢竟哈威是成年人，若行動中被他人撞見，身旁有個大人會比較方便，出於這樣的考量，我才收他為部下。對，只是部下而已。

哈威向我借了百鼻的照片，說會幫忙留意，我們相約今晚原地點再碰面。

「你們打算潛入咖啡園？太刺激了！要不是我媽看太緊，我也想去……」

DJ露出惋惜的表情，回到座位。不久又將手機螢幕轉向我，上面的圖片是許多褐色的長條狀物，仔細一瞧，每塊東西都是由一粒粒，還沒烘培過的咖啡豆所結成的。

旁邊的文字標題寫著「麝香貓咖啡」。

我面無表情的回望DJ，他又開始嗤嗤笑了起來。

「你終於來了。」哈威的手邊多了個物件，那是拆燈管用的鋁梯。

溜出門前，我在家折騰個老半天，首先打給大小姐，跟她借一樣東西，隨後又被樓下的女人叫住，詢問作業進度外加叨念個十句，好不容易等女人進房工作，我才從陽臺的室外梯出來，到了大小姐家，還得等她趁爸爸移開視線，才能將東西偷偷交給我，最後到咖啡園外時已是十點。

我不發一語，急忙踏上哈威架在鐵網旁的鋁梯，一躍進入園內。麥克爾說過：因**正當理由遲到，沉默是最好的辯解**。不久後，哈威也翻了進來。

我問他，保育中心的人是否都習慣非法入侵，他苦笑說：「這是為了調查！」

園內的自動夜間照明，映出一株株咖啡樹的輪廓，遠處還有像是農舍的建築剪影。這裡的活動空間很廣，雖然分頭找比較有效率，考量黑夜中不好會合，我們決定一起行動。

幸虧有個好的開始。

經過一棵樹旁時，我感覺似乎踩到什麼，蹲下用手機鏡頭燈一照，發現有一坨像是顆粒黏在一起的東西，有點像變形的花生糖。

「這是……咖啡豆。」

哈威也打開手電筒，喃喃說道，不久他轉向我：「麥奇，我們中獎了，靈貓就在這附近。」

靈貓？你的還是我的？

「看糞便的黏稠度，應該是果子狸。小老弟，你還不知道吧？果子狸也會吃咖啡果實，和麝香貓一樣，排出的咖啡豆也能做貓屎咖啡。」

不，我已經知道了，多虧ＤＪ那傢伙，今天一直給我看靈貓的便便。

「我記得臺東就有一家果子狸咖啡，而且是自然放養，不構成虐待動物……哈，你想喝喝看嗎？」

我的表情像想喝的樣子嗎？話說回來，既然這裡有果子狸糞便，代表百鼻可能在附近，我起身繼續搜索，哈威也隨後跟上。

為了不破壞咖啡樹，我們小心翼翼撥開枝枒，不久在前方一百公尺處，又找到一塊嵌有咖啡豆的糞便。我回想DJ給我看的網路文章，上頭說果子狸排出的咖啡豆較黏，容易結成一整塊，看來的確沒錯。

到了農舍附近便安全許多，我們開始分頭搜尋，說好一小時後在入口會合。

這段期間，我又發現兩處落有（果子狸的）貓屎咖啡，地點在建築物的前後兩個角落，這樣加起來共四處。之後哈威現身，應該是他的範圍全找遍了，想看我的狀況如何。

我將成果告訴他，他露出不甘心的神情。

「看來，只有你那邊有斬獲啊。果子狸應該在附近沒錯……該不會是園主捉來的？」

我又想起大穆的光頭。他出國前百鼻就失蹤了，以時間點來看可行。他是賣咖啡的，捉來一隻果子狸想實驗「貓屎咖啡」也並非不可能。若是這樣，他這幾天出國的目的是……

我揮開腦中的想法，自己竟懷疑一位個性耿直的咖啡農，麥克爾一定會對我嗤之以鼻。

「唉！」

哈威正怨嘆自己沒什麼進展，下一刻，他突然驚呼。

「咦？這是……」

首先動作的是他的鼻子，他開始牽著鼻翼，不停東聞西嗅，甚至整個人趴在地上。他循著「那個」特殊氣味，緩緩在地上移動。

「麝香，這是麝香！」

他迅速起身，又開始手舞足蹈起來，接著朝某處前進。

「是civet，civet寶貝你不要動，乖乖等我哦！」

哈威丟下我，兀自跑在前頭，模樣像極了追逐腐臭的蒼蠅。

「結果，最後兩隻都沒找到？」DJ站得筆直，表情瞠目結舌。

「嗯。」

「搞什麼，不是有發現便便和氣味嗎？那兩隻肯定在那裡啊！」

我嘆了口氣，靠在走廊牆上稍作休息。事實就是沒找著，經過數個小時的折騰，我和哈威決定打退堂鼓，他提議隔天換個搜尋地點，但直覺告訴我，繼續在咖啡園找下去一定有收穫。

發現當事人……當事貓的痕跡，不代表牠們一定在那兒，有可能只是路過，咖啡園那麼大，和後山叢林也有部分接壤，說不定已經到其他地方了——按常理來想是這樣，但我就是想相信直覺一次，麥克爾也說：破案是三成的理性加上七成的直覺。

「不過，明天大穆就要回國了。」

我知道，我以此告訴哈威，至少在咖啡園再找一天，真的不行再轉移陣地。

「Mikey（麥奇）、DJ，你們兩個不好好罰站，在聊什麼天！」

傳來尖銳的女聲，教英語的歐巴桑怒氣沖沖來到走廊，我和DJ剛才就是被她從教室攆出來。我反射性挺直背脊，要是被對方認為我偷懶，背靠牆站立就不好了。

「你們也太不安分，真是a leopard can't change its spots（本性難移），怎麼不學學六年級那個Elizabeth（伊莉莎白）？教養好、守秩序，還很愛護小動物……」

歐巴桑一直喋喋不休。離下課還有十分鐘，妳不繼續教課嗎？我飄忽的眼神似乎被認為在藐視她，結果鐘聲響起後，我和ＤＪ仍維持同樣的姿勢在走廊上。

前方的樓梯間出現熟悉的身影，直直朝我們走來。今天穿的是藍色洋裝。

「阿達。」不是告訴妳我叫麥奇嗎？

「噢！教養好、守秩序，愛護動物的lady有什麼事？」

大小姐沒有理會ＤＪ的揶揄，帶有細長睫毛的雙眼直勾勾望向我。

「你昨天跟我借的東西，可以還給我嗎？爹地早上找不到，一直逼問媽咪和我有沒有拿。」

「抱歉，再一天，明天就還妳。」

她垂下雙眼。

「好吧。那……百鼻呢？何時可以見到我的百鼻？」

「一併奉還。」

與對方笑逐顏開的臉龐相反，話一出口，我的內心就響起「糟糕」的警鈴。這樣真的沒問題嗎？雖然預感今晚會有所進展，如此肯定真的好嗎？但麥克爾不會讓淑女失望，同樣情況下，他一定也會如此回應。

大小姐踏著輕快的步伐離去，ＤＪ面露不安的看向我。

「欸，你真的行嗎？是說，你跟大小姐借了什麼？」

沒什麼，事到如今只能硬著頭皮做下去。我沒回答ＤＪ，而是要他放學後跟我去一個地方。

「去哪裡？」

我依然沒回答，反而抽出對方口袋裡的手機，逕自撥了號碼。

「今天一定要找到！」

哈威頂著樂天的笑容說道。像給自己打氣般，做了個雙手握拳的振臂姿勢，我對這樣的他深表歉意，想到音訊杳然的靈貓，心中便更加沉重。

我們循著與昨日相反的路線，先從農舍旁的入口進入（門雖然上鎖，有鋁梯便能越過），在四周分兩頭檢查。個別行動期間，我似乎聽到遠方傳來窸窸窣窣的聲音，便將燈光打向該處，無奈僅有一輪明月高掛的黑夜，遠處的可視性並不好。

與昨晚立刻找到線索的情況不同，開頭是近半小時的徒勞作業。我與哈威在農舍另一邊會合，從臉上表情，看得出來他的心情與我一樣，對今晚成果感到擔憂。

「只剩一個地方了。」

我點頭。從這裡再往更深的山林交界處而去，那是剩餘的地點中，靈貓最有可能躲藏之處，方才聽見草叢聲響的源頭，也應該來自那裡。

我們邁開腳步。沿途中，哈威不知是否想穩定情緒，不停「啦啦啦」哼著歌，我注意沿途掉下的咖啡果實，試圖找尋百鼻的蹤跡。

這時我察覺到，愈接近深處，窸窣聲就愈明顯。起初，我以為是哈威撥動草叢的聲響，但仔細聽那聲音並不規律，很像是小動物發出的。正打算喚住前方的哈威，他似乎也察覺什麼，停下腳步。

然而，他發現的似乎和我不同，只見他努動著鼻子，緩步前進。

「哦哦哦喔喔喔！」

沒錯，就是那個氣味，感覺比昨晚還要濃烈。哈威的表情逐漸轉為狂喜——應該也聽見了窸窣聲，他的口中「civet、civet」的念念有詞，開始加快步伐，幾乎是用跑的朝聲音源頭而去。我跟不上腳步，索性觀察他的行動，慢慢走著。

「唉呀，你這小東西……呼哈，嘿！抓到你了！」

前方似乎歷經一番折騰，哈威雙手挾著一隻毛絨絨的小動物，自草叢中現身。在燈光照射下，我逐漸看清動物的形貌：如豬般突出的鼻尖，延伸出零星的黑色鬍鬚，面部、頭頂與雙頰散布著幾處白色斑紋，棕褐色毛皮與兩隻白色的圓耳朵。

「來，你的果子狸。」

我伸手抱了過來，起初小動物有些抵抗，不久，在我懷中安分許多。

「有點臭呢，與麝香貓真不一樣。」這麼說來，的確有股淡淡的臭味。

我杵在原地，見我臉上絲毫沒有勝利的喜悅，哈威笑著說：「你的靈貓找到囉！」我赫然回神，好不容易才吐了聲「謝謝」。

我問他，接下來打算怎麼辦。

「你在說什麼啊？當然是繼續找囉！瞧瞧這濃厚的麝香味，一定就在不遠處，這次一定不會錯！」見我望著他無語，又說：「唉，大偵探是不是達成任務，想打道回府啦？好啦，誰叫我命苦嘛，你就先回去，太晚家人會擔心的。要我送你嗎？」

我搖頭：「你也回……」

「小兄弟，不要小看我喔！」他拍著胸脯：「我沒問題的。」

那真是我見過最爽朗的笑容。我也勉強擠出微笑，揮手道別，轉身捧著小動物朝入口走去。

這段路對我而言異常漫長，我望著皎潔的月光，不知是否該下定決心。麥克爾煩惱的表情躍入我的腦海，他每次抉擇前，都會歷經一番天人交戰。

好不容易到了咖啡園入口，我從內側解開鎖，走出門後，將懷裡的小東西放在地上。

「再見，以後別被捉到了。」

那小東西左右張望，似乎一時不知該怎麼做，不久後叫了兩聲，往樹林深處揚長而去。

我取出外套內側的手機，不是那個被停話的舊機種，而是今天拚死拜託ＤＪ借我的智慧型手機——雖然拿來打電話有點大材小用。

號碼接通時，我告訴電話那邊的人自己的所在位置，以及目前的「動向」。對方切斷電話。

十分鐘後，四個虎背熊腰的男人出現在面前，見我在門口，一個人留下來陪我，其他三人闖入園裡。沒多久，遠方突然響起人的咒罵聲，緊接著出現像是拳頭打在枕頭上，以及人的悶哼聲響，最後是男人的咆哮，聽起來相當耳熟。

三個虎背熊腰的男人，架著另一個灰頭土臉的男人出來——這男人我半小時前才見過他。

「你一開始就懷疑我是假的？」哈威盯著我，他的雙眼浮現血絲，聲音相當混濁。

我點頭。

「那為什麼還跟我一起？」

我聳了聳肩，以無言代替回答。

親近你的朋友，更要親近你的敵人——這是麥克爾引述「教父」維托．柯里昂的名言。

那麼，該從何說起呢？

最早是在一週前，我放學回家的時候。村內派出所位於路線約一半的地方，原本經過時不會特別留意，不過，那天門口的一則告示攫住我的目光，上面印有一些如蝙蝠、獼猴等動物的圖片，是呼籲民眾檢舉「盜獵者」的公告。

不知是否被上天眷顧，杭桐村不時有野生動物造訪，甚至不少是保育類動物，因此村民都有些基本常識，知道什麼動物不能養、遇到何種情況要通報，對那些專門捕捉野生動物的不肖獵人，更有著敏銳的天線。

又出現了啊——看見公告時，我只覺得無奈。

話雖如此，當我第一次見到哈威時，並沒有馬上將他與「盜獵者」連結在一起，畢竟那類傢伙的傳統形象，都是跟著一頭獵犬，至少也會有補網或籠子之類的工具，他當時只帶手電筒，完全沒那個跡象。

但他自稱的「保育中心研究員」身分，倒是最初就露餡了。

隔天我從DJ的資料中發現：印尼生產「貓屎咖啡」的麝香貓，中文名稱是「椰子狸」，和果子狸一樣是雜食性動物，臺灣的麝香貓則是肉食性，雖然都屬靈貓科，兩者並不相同。但哈威初見面時就跟我說：「我要找的是『貓屎咖啡』的麝香貓。」一個具備動物知識的人，是不會犯這種錯誤的。

雖然這樣，我仍不確定對方意圖，很可能他只是個趁園主不在，想盜採咖啡果實的小偷罷了。因此我做了點試探：這兩天他在園裡聞到的氣味，是我灑下的，和麝香貓完全無關，這也證明他對靈貓了解不深，畢竟聞過那個氣味的人，絕不會將它與人工合成的麝香混為一談。

看他聞到氣味的反應，是真的想捉到麝香貓，加上當晚找到的另一項「線索」，讓我更確信他是個盜獵者。

那些散落園中，摻有咖啡豆的便便，不太可能是果子狸當場留下的，畢竟果子狸有所謂的「集糞性」，會將糞便集中在潮溼的一處（又是ＤＪ提供的資料）。但那些糞便又很真實，的確是果子狸的沒錯，那麼是從哪來的呢？或許是某人從外面帶來的，而那人肯定就是哈威。

想到這裡，我的腦中浮現一個大膽的推論：失蹤的百鼻，其實是被哈威捉走了！他餵食百鼻咖啡果實，事先將糞便帶到園裡散落四處，企圖讓我以為百鼻就在那裡，卻因為知識不足，露出了破綻。

原本我還抱一絲希望，認為若一直表現出想找到百鼻的企圖，對方會心軟將百鼻還給我。於是，我堅持隔天在咖啡園裡繼續找，並持續用假麝香引哈威上鉤，希望他會因為想擺脫我的糾纏，乾脆交還百鼻——畢竟白鼻心與麝香貓的價值差很多，對他而言失小可以得大，還算划算。

當哈威聞到氣味奔向草叢時，我知道他在演戲，目的是假裝偶然發現小動物，用那個打發我離開。那也無妨，如果那真的是百鼻，我會欣然接受，然而他走出來時，我的期待落空了——那並不是果子狸，而是一種長得很像，叫做「鼬獾」的動物！兩者最大的不同，就在於耳朵顏色與身上的氣味，接過手的那一刻，我的心情滑落谷底，決定將他交給警察。

先前放學時，我和ＤＪ曾到派出所說明。我沒提太多細節，只說遇到疑似盜獵者的人物，並和當值警員交換電話而已，原本沒打算用上，是哈威傷透我的心，我才在深夜走出咖啡園後撥了那個號碼，請警察過來捉人。討厭公權力的麥克爾，經常說：**直到遇上無法用信念處理的犯人，我才會求助警方**。我算是貫徹了這項信條吧？

果子狸在哈威的藏身處找到了，至於那隻麝香貓，第一次相遇後就再也沒現身。

以上是這次的辦案經過，作為偵探社開幕的第一案，結局可喜可賀。希望麥克爾在天之靈，也會對我這個後繼者感到滿意。

「喔喔，偵探社要決定名字啦！要叫什麼……西維？你說的是中文嗎？嗄，什麼Civet Bros……靈貓、靈貓兄弟？」

我手持話筒站在櫃檯前。傷腦筋，大穆店裡的公用電話通訊不好，講到一半會暫時切斷，另一頭DJ的聲音也斷斷續續的。

「欸，可是我說，『兄弟』意思是至少有兩個人吧？除了你還有誰？什麼，加上我……不行，我只管接洽，不負責調查啦！喂……」

我掛斷電話，一方面無法忍受通話品質，另一方面，眼角餘光正瞥見我的委託人走進店裡。我迅速回到角落，從座位底下提起一個小籠。

「啊，是百鼻！」

大小姐迅速上前，從我手中奪下籠子，打開側邊的開口讓果子狸出來，只見小傢伙奔向大小姐的雙掌，被她一擁入懷，發出「呦呦呦」的愉悅叫聲。

這一人一獸就這麼陷入兩人世界，等大小姐意識到我的存在時，已是數分鐘後的事了。

「太感謝你了，阿達，找他想必很辛苦吧？」

我露出苦笑，比起找尋的過程，將他從藏身處帶回來，才真正折騰了我。我在桌子底下按住被抓、咬傷而包上繃帶的手指，努力不讓疼痛顯露在臉上。

我端出另一項交給委託人的東西——一個綴有緞帶、外觀典雅的小盒。大小姐接過盒子，取出內容物後，皺起眉頭。

「怎麼剩那麼少？」

「那是調查的必要開銷。」

她歪著頭，一副不明所以的模樣。那當然，一般人怎麼也想不到一瓶古龍水會和找尋果子狸有關吧？幸好她沒說什麼，承諾兩天內會給我應得的干貝軟糖後，愉快的摸著百鼻的頭，走出店門。

我也動身離開，在櫃檯付帳時，熟悉的光頭問我：「嘿，帥哥，下次要不要試試我們的新口味咖啡？很順口，小孩也可以喝。」

我連忙搖頭拒絕。管它是什麼，我現在看到咖啡，腦海就會浮現靈貓的便便。

推開店門，正準備步出「韋穆咖啡」時，我的視野一角有個黑影閃過。烙印在視網膜的影像，似乎顯示遠處的叢林有隻像「貂」的動物，前一刻正鑽入樹群中。然而我揉揉眼，那個黑影已然消失。

靈貓中的哥哥，帶領我們找到弟弟，而後又回歸山林。我低頭祈禱，希望哥哥一路平安。

外頭已染成一片金黃。我面向夕陽踏上歸途，一手壓低牛仔帽的帽沿，另一首拍拍右側槍套下的克拉克，感受它的重量，即將消失於水平線的陽光，在我的身後投下細長的剪影（希望是）。

偵探麥奇，朝前輩的功績跨出一小步。

耳邊響起「酷探麥克爾」片尾曲的旋律，那是伴我一路向前的風。

作者的話

我看過一部漫畫，內容大致是一名成年男性在陰錯陽差之下，靈魂跑進小孩子裡的故事，為了避免周遭的人起疑，他必須克制自己表現出大人才有的行為，努力扮演兒童，其內心的痛苦與掙扎、以及不時出現的大叔內心戲成了該部作品的笑點。

長大後回想這部漫畫，突然覺得在荒謬的設定下，它倒也反映出幾分現實。成年人腦中經常會蹦出許多幼稚的想法，只是不好意思表現出來罷了，反過來說，小孩當然也能很「成熟」，大人與小孩的距離，其實並沒有那麼遙遠。

這成了我寫〈靈貓兄弟〉的契機，故事裡的麥奇除了愛裝酷外，他還有一樣最寶貴的特質——願意相信「偵探麥克爾」。將虛構的英雄視為實際存在的人物，去追隨、效法，這樣的孩子日後會擁有比其他人更強大的力量。

寵物先生

推理小說家。本名王建閔，臺灣大學資訊工程系畢業，臺灣推理作家協會會員，現為網頁工程師。二〇〇九年以《虛擬街頭漂流記》榮獲第一屆「島田荘司推理小說獎」首獎，另著有《追捕銅鑼衛門：謀殺在雲端》、《S.T.E.P.》（合著）與《鎮山：罪之眼》等作品。

小麥田

小麥田故事館87

動物星球偵探事件簿2推理要在放學後

作　　者　王宇清、林哲璋、翁裕庭、陳又津、陳郁如、郭瀞婷、寵物先生
繪　　者　九　子
封面設計　劉曉樺
校　　對　吳伯玲
責任編輯　汪郁潔

國際版權　吳玲緯
行　　銷　闕志勳　吳宇軒　余一霞
業　　務　李再星　李振東　陳美燕
副總編輯　巫維珍
編輯總監　劉麗真
事業群總經理　謝至平
發 行 人　何飛鵬
出　　版　小麥田出版
115台北市南港區昆陽街16號4樓
電話：(02)2500-0888
傳真：(02)2500-1951
發　　行　英屬蓋曼群島商家庭傳媒股份有限公司
城邦分公司
115台北市南港區昆陽街16號8樓
網址：http://www.cite.com.tw
客服專線：(02)2500-7718｜2500-7719
24小時傳真專線：(02)2500-1990｜2500-1991
服務時間：週一至週五09:30-12:00｜13:30-17:00
劃撥帳號：19863813　戶名：書虫股份有限公司
讀者服務信箱：service@readingclub.com.tw
香港發行所　城邦（香港）出版集團有限公司
香港九龍土瓜灣土瓜灣道86號順聯工業大廈6樓A室
電話：852-2508 6231
傳真：852-2578 9337
馬新發行所　城邦（馬新）出版集團 Cite (M) Sdn Bhd.
41-3, Jalan Radin Anum,
Bandar Baru Sri Petaling,
57000 Kuala Lumpur, Malaysia.
電話：+6(03) 9056 3833
傳真：+6(03) 9057 6622
讀者服務信箱：services@cite.my
麥田部落格　http://ryefield.pixnet.net
印　　刷　前進彩藝有限公司
初　　版　2020年9月
初版五刷　2024年3月
售　　價　340元

ISBN 978-957-8544-43-7
本書若有缺頁、破損、裝訂錯誤，請寄回更換。

國家圖書館出版品預行編目資料

動物星球偵探事件簿. 2, 推理要在放學後／王宇清等文；九子圖. -- 初版. -- 臺北市：小麥田出版：家庭傳媒城邦分公司發行, 2020.09
面；　公分. --（小麥田故事館；87）
ISBN 978-957-8544-43-7（平裝）
863.596　　109011423